外国文学名著丛书

〔法〕小仲马／著

茶花女

王振孙／译

"外国文学名著丛书"编委会

人民文学出版社

Alexandre Dumas Fils
LA DAME AUX CAMÉLIAS
据 Nelson Editeurs & Editions Calmann – Lévy 版本译出。

图书在版编目(CIP)数据

茶花女/(法)小仲马著;王振孙译.—北京:人民文学出版社,2021
(2024.5重印)
(外国文学名著丛书)
ISBN 978-7-02-016617-6

Ⅰ.①茶… Ⅱ.①小…②王… Ⅲ.①长篇小说—法国—近代 Ⅳ.①I565.44

中国版本图书馆 CIP 数据核字(2020)第 170061 号

责任编辑　黄凌霞
装帧设计　刘　静
责任印制　王重艺

出版发行　人民文学出版社
社　　址　北京市朝内大街 166 号
邮政编码　100705

印　　刷　河北新华第一印刷有限责任公司
经　　销　全国新华书店等
字　　数　156 千字
开　　本　850 毫米×1168 毫米　1/32
印　　张　7.75　插页 3
印　　数　11001—15000
版　　次　1980 年 6 月北京第 1 版
印　　次　2024 年 5 月第 4 次印刷
书　　号　978-7-02-016617-6
定　　价　45.00 元

如有印装质量问题,请与本社图书销售中心调换。电话:010-65233595

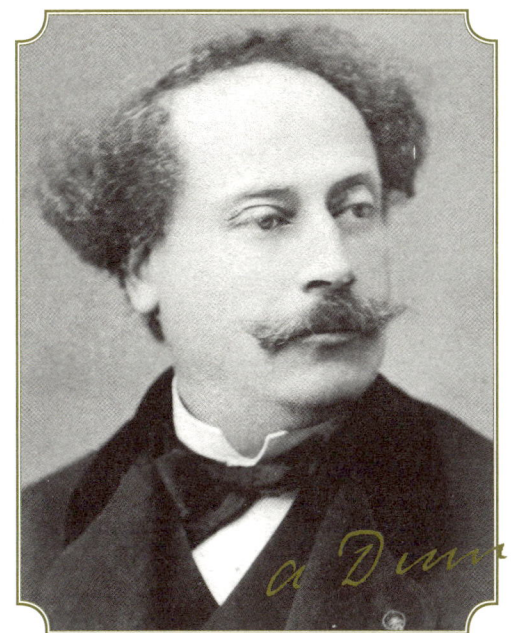

小仲马

出版说明

人民文学出版社自一九五一年成立起,就承担起向中国读者介绍优秀外国文学作品的重任。一九五八年,中宣部指示中国科学院文学研究所筹组编委会,组织朱光潜、冯至、戈宝权、叶水夫等三十余位外国文学权威专家,编选三套丛书——"马克思主义文艺理论丛书""外国古典文艺理论丛书""外国古典文学名著丛书"。

人民文学出版社与中国科学院文学研究所,根据"一流的原著、一流的译本、一流的译者"的原则进行翻译和出版工作。一九六四年,中国社会科学院外国文学研究所成立,是中国外国文学的最高研究机构。一九七八年,"外国古典文学名著丛书"更名为"外国文学名著丛书",至二〇〇〇年完成。这是新中国第一套系统介绍外国文学作品的大型丛书,是外国文学名著翻译的奠基性工程,其作品之多、质量之精、跨度之大,至今仍是中国外国文学出版史上之最,体现了中国外国文学研究界、翻译界和出版界的最高水平。

历经半个多世纪,"外国文学名著丛书"在中国读者中依然以系统性、权威性与普及性著称,但由于时代久远,许多图书在市场上已难见踪影,甚至成为收藏对象,稀缺品种更是一书难求。在中国读者阅读力持续增强的二十一世纪,在世界文明交流互鉴空前频繁的新时代,为满足人民日益增长的美好生活的需要,人民文学出版社决定再度与中国社会科学院外国文学研究所合作,以"网罗经典,格高意远,本色传承"为出发点,优中选优,推陈出新,出版新版"外国文学名著丛书"。

值此新版"外国文学名著丛书"面世之际,人民文学出版社与中国社会科学院外国文学研究所谨向为本丛书做出卓越贡献的翻译家们和热爱外国文学名著的广大读者致以崇高敬意!

"外国文学名著丛书"编委会
二〇一九年三月

编委会名单
(以姓氏笔画为序)

1958—1966

卞之琳	戈宝权	叶水夫	包文棣	冯 至	田德望
朱光潜	孙家晋	孙绳武	陈占元	杨季康	杨周翰
杨宪益	李健吾	罗大冈	金克木	郑效洵	季羡林
闻家驷	钱学熙	钱锺书	楼适夷	蒯斯曛	蔡 仪

1978—2001

卞之琳	巴 金	戈宝权	叶水夫	包文棣	卢永福
冯 至	田德望	叶麟鎏	朱光潜	朱 虹	孙家晋
孙绳武	陈占元	张 羽	陈冰夷	杨季康	杨周翰
杨宪益	李健吾	陈 燊	罗大冈	金克木	郑效洵
季羡林	姚 见	骆兆添	闻家驷	赵家璧	秦顺新
钱锺书	绿 原	蒋 路	董衡巽	楼适夷	蒯斯曛
蔡 仪

2019—

王焕生	刘文飞	任吉生	刘 建	许金龙	李永平
陈众议	肖丽媛	吴岳添	陆建德	赵白生	高 兴
秦顺新	聂震宁	臧永清

一曲凄美的爱情悲歌(译本序)

　　大仲马和小仲马都是法国十九世纪的著名作家。父子俩同名同姓,法国人为了加以区别,分别称之为"仲马父亲"和"仲马儿子",这样直译显然不妥,中文译成"大仲马"和"小仲马"堪称神来之笔,使这对作家父子的名声在我国长盛不衰,他们的作品也得以广为流传。
　　大仲马(1802—1870)是法国浪漫主义文学的主要代表作家。他才思敏捷、写作勤奋,作品共有三百多卷,其中一八四四年发表的《基督山伯爵》和《三个火枪手》更是百读不厌的名著。这两部小说情节曲折、构思巧妙,富于浪漫的传奇色彩,使大仲马得以成为当时首屈一指的小说专栏作家和通俗小说之王。二〇〇二年十一月三十日,在大仲马诞辰二百周年之际,他的遗骸被迁入巴黎的先贤祠,标志着他已经被公认为法国第一流的大作家,获得了与伏尔泰、卢梭、雨果和左拉并列的崇高地位。
　　小仲马(1824—1895)是大仲马和缝纫女工卡特琳娜·拉贝的私生子。大仲马把他们母子安排到乡下居住,直到自己成名后的一八三一年,才认领了已经七岁的小仲马,但仍然不认他的母亲。小仲马先是进了寄宿学校,后来就在大仲马家里生活。作为一个私生子,他在寄宿学校里备受歧视,甚至因不堪侮辱而与人打架。在被大仲马认领之后,他起初对父亲的情妇们颇为厌恶,但是久而久之,他逐渐适应了父亲一掷千金的豪华生活,自己也变成了一个花花公子。他在十八岁时遇见了绝色美女玛丽·杜普莱西,当时她身患肺结核,在接待客人的时候悄悄地咯血。小仲马体贴入微的关心使她深受感动,他们很快就成为情侣。玛丽先后当过一些富豪贵族的情妇,在他们的供养下过着奢华的生活。小仲马对她爱情有余而财力不足,只能到处借钱,以至债台高筑。他因此对那些老贵族非常嫉妒,不准她和别的男人来往,而她显然不可能满足他的要求,因此他们的结局只能是分手。

一八四六年,玛丽身患重病,小仲马却和父亲一起去了西班牙。等他在第二年二月十日回到巴黎的时候,玛丽已经于二月三日去世,小仲马看到人们正在拍卖玛丽遗物的场面。玛丽留下的遗嘱是拍卖财物还清债务,余下的钱赠送给乡下的外甥女,条件是她永远不能来巴黎。这份遗嘱包含着她对命运的控诉和对巴黎奢华生活的遣责,使小仲马深受震动。他满怀深情、抚今思昔,仅用一个月就写出了小说《茶花女》(1848),讲述了妓女玛格丽特和青年阿尔芒凄美的爱情故事,出版后获得了巨大的成功。

从古至今的爱情小说浩如烟海,绝大多数都随着时间的推移而被人遗忘,而《茶花女》却始终像一朵盛开的茶花那样永不凋谢。因为小说的情节不是出于作家的杜撰或想象,而是小仲马本人的切身经历。痛苦的童年和母亲的不幸给他留下了终生难忘的印象,使他在声色犬马的生活中仍然良心未泯。和玛丽刻骨铭心的真爱,又使他深刻地感受到社会的不公,因而通过茶花女这个出身贫苦、堕入风尘又无法自拔的妓女的爱情悲剧,来揭露充满虚伪和罪恶的社会现实。这部兼有浪漫主义和现实主义特色的作品,由于揭示了普遍的人性而具有不朽的艺术魅力。

小仲马后来还创作了《百合的狄安娜》(1853)等小说,以及《半上流社会》(1855)、《金钱问题》(1857)和《私生子》(1858)等剧本,这些作品在当时很有影响,使他在一八七四年当选为法兰西学士院院士。但是与想象丰富、妙笔生花的大仲马不同,小仲马是以他的成名作《茶花女》闻名于世的。他在把自己的经历改写成小说的时候,进行了充分的艺术加工,例如让女主人公玛格丽特不仅容貌出众,而且酷爱茶花,因而更显得气质非凡。他还增加了阿尔芒的父亲迫使她不要影响自己儿子的前程,阿尔芒又出于误解而当众羞辱她,使她忍辱负重地孤独而死的情节,更引起了人们对她的无比同情。总之与生活中的玛丽不同,小说中的茶花女已经成为一个不朽的艺术形象,超凡脱俗的美貌和纯洁高尚的心灵,使她即使在风尘之中也光彩照人。

小说的开头描写拍卖茶花女的遗物,其中有普莱服神甫(1697—1763)的小说《玛侬·莱斯科》(1731),写的是贵族青年格里欧骑士和妓女玛侬·莱斯科为爱情而私奔,最后陷入绝境仍不后悔的故事。小仲马竞价买到了这本他心仪已久的小说,表明他的创作无疑受到了这部名著的影响。茶花女像玛侬一样心地善良,为爱情不惜牺牲自己的生命,但是她身上不再有玛侬的野性,社会的重压已经使她处于无力反抗的境地,她的形象预示着左拉笔下的娜娜。由此可见,小仲马的《茶花女》在法国爱情小说史上是一部承上启下的杰作。

一八五一年,小仲马把小说《茶花女》改编成五幕话剧,一八五二年二月二日首次上演时受到热烈的欢迎。这部由浪漫主义向现实主义演变时期的戏剧,被誉为法国近代现实主义戏剧的开山之作。意大利作曲家威尔第被茶花女的故事所感动,把它改编为歌剧,于一八五三年三月六日在威尼斯首演,至今仍是全球上演率最高的歌剧之一,被誉为"世界歌剧史上最灿烂的宝石"。《茶花女》后来又数十次搬上银幕,产生了很大的影响。巴黎甚至有人为茶花女的原型玛丽·杜普莱西修建了一座坟墓,上面用大理石雕刻了一束白色的山茶花。

《茶花女》在一八九九年由林纾(1852—1924,字琴南)译成中文,取名为《巴黎茶花女遗事》,是我国翻译的第一部外国小说,也开创了我国译介法国小说的历史。林纾用文言文翻译,文笔流畅、生动传神,在当时轰动了中国文学界,严复曾有评价:"可怜一卷《茶花女》,断尽支那荡子肠。"后来无论是小说还是戏剧都出版了多个中译本,对我国读者产生了深远的影响。笔者在一九六二年考入南京大学外文系法语专业,读到的第一本法国小说就是《茶花女》,至今还记得当时通宵不眠地一口气读完的情景。

本书译者王振孙先生出生于一九三三年,是我国老一辈著名的翻译家。他曾与郝运先生合作翻译了《左拉中短篇小说选》等作品,自己独立翻译了大仲马的《双雄记》、莫泊桑的《温泉》等小说约四百万字。他翻译的《茶花女》受到广大读者的好评,被认为是权威的译本,相信本书的再版一定会受到读者的欢迎。

吴岳添
二〇二〇年八月

一

我认为只有在深入地研究了人以后,才能创造人物,就像要讲一种语言就得先认真学习这种语言一样。

既然我还没到能够创造的年龄,那就只好满足于平铺直叙了。

因此,我请读者相信这个故事的真实性,故事中所有的人物,除女主人公以外,至今尚在人世。

此外,我搜集在这里的大部分材料,在巴黎还有一些人证;如果我的证据还不够的话,他们可以为我作证。由于一种特殊的机缘,只有我才能把这个故事写出来,因为惟独我洞悉这件事情的始末,否则是不可能写出一篇完整、动人的故事来的。

下面就来讲讲我是怎样知道这些详情细节的。

一八四七年三月十二日,我在拉菲特街看到一张黄色的巨幅广告,广告宣称将拍卖家具和大量珍玩。这次拍卖是在物主死后举行的。广告上没有提到死者的姓名,只是说拍卖将于十六日中午十二点到下午五点在昂坦街九号举行。

广告上还附带通知,大家可以在十三日和十四日两天参观住宅和家具。

我向来是个珍玩爱好者,决不能坐失良机,即使不买,也要去看看。

第二天,我就到昂坦街九号去了。

时间还早,可是房子里已经有参观的人了,甚至还有女人。虽然这些女宾穿的是天鹅绒服装,披的是开司米披肩,大门口还有华丽的四轮轿式马车在恭候,却都带着惊讶、甚至赞赏的眼神注视着展现在她们眼前的豪华陈设。

不久,我就懂得了她们赞赏和惊讶的原因了。因为在我也跟着仔细打量了一番以后,不难看出我正处身在一个高级妓女①的房间里。然而上流社会的女人——这里正有一些上流社会的女人——想看看的也就是这种女人的闺房。这种女人的穿着打扮往往使这些贵妇人相形见绌;这种女人在大歌剧院和意大利歌剧院里,也像她们一样,拥有自己的包厢,并且就和她们并肩而坐;这种女人恬不知耻地在巴黎街头卖弄她们的姿色,炫耀她们的珠宝,传扬她们的"风流韵事"。

这个住宅里的妓女已经死了,因此现在连最最贞洁的女人都可以进入她的卧室。死亡已经净化了这个富丽而淫秽的场所的臭气。再说,如果有必要,她们可以推说是为了拍卖才来的,根本不知道这是什么人的家。她们看到了广告,想来见识一下广告上介绍的东西,预先挑选一番,没有比这更平常的事了;而这并不妨碍她们从这一切精致的陈设里面去探索这个妓女的生活痕迹。她们一定听到过一些有关妓女的非常离奇的故事。

不幸的是,那些神秘的事情已经随着这个绝代佳人一起

---

① 原文是指"由情人供养的女人"。

消逝了。不管这些贵妇人心里的期望有多大,她们也只能对着死者身后要拍卖的东西啧啧称羡,却一点也看不出这个女房客在世时所操的神女生涯的痕迹。

再说,还是有些东西值得买的。房间陈设富丽堂皇,布尔①雕刻的和玫瑰木②的家具、塞弗尔③和中国的花瓶、萨克森④的小塑像、绸缎、天鹅绒和花边绣品,应有尽有。

我跟着那些比我先来的好奇的名门闺秀在住宅里漫步溜达。她们走进了一间张挂着波斯帷幕的房间,我正要跟着进去的当儿,她们却几乎马上笑着退了出来,仿佛对这次新的猎奇感到害臊,我倒反而更想进去看个究竟。原来这是一个梳妆间,里面摆满各种精致的梳妆用品,从这些用品里似乎可以看出死者生前的穷奢极侈。

靠墙放着一张三尺宽、六尺长的大桌子,奥科克和奥迪奥⑤制造的各种各样的珍宝在桌子上闪闪发光,真是琳琅满目,美不胜收。这上千件小玩意儿对于我们来参观的这家女主人来说,是梳妆打扮的必备之物,而且没有一件不是用黄金或者白银制成。然而这一大堆物品只能是逐件逐件收罗起来的,而且也不可能是某个情夫一人所能办齐的。

我看到了一个妓女的梳妆间倒没有厌恶的心情,不管是什么东西,我都饶有兴趣地细细鉴赏一番。我发现所有这些雕刻精湛的用具上都镌刻着各种不同的人名开头字母和五花

---

① 布尔(1642—1732),法国有名的乌木雕刻家,擅长在木制家具上精工镶嵌。
② 玫瑰木产于巴西,因有玫瑰香味而得名。
③ 塞弗尔,法国城市,有名的瓷器工业中心。
④ 萨克森,德国一地区,瓷器工业中心。
⑤ 十八、十九世纪时,巴黎有名的金银器皿制造匠。

八门的纹章①标记。

我瞧着所有这些东西,每一件都使我联想到那个可怜的姑娘的一次肉体买卖。我心想,上帝对她尚算仁慈,没有让她遭受通常的那种惩罚,而是让她在晚年之前,带着她那花容玉貌,死在穷奢极侈的豪华生活之中。对这些妓女来说,衰老就是她们的第一次死亡。

的确,还有什么比放荡生活的晚年——尤其是女人的放荡生活的晚年——更悲惨的呢?这种晚年没有一点点尊严,引不起别人的丝毫同情,这种抱恨终生的心情是人们常听说的最悲惨的事情。这并不是追悔过去的失足,而是悔恨错打了算盘,滥用了金钱。我认识一位曾经风流一时的老妇人,过去生活遗留给她的只有一个女儿。据她同时代的人说,她女儿几乎同她母亲年轻时长得一样美丽。她母亲从来没对这可怜的孩子说过一句"你是我的女儿",只是要她养老,就像她自己曾经把她从小养到大一样。这个可怜的小家伙名叫路易丝。她违心地顺从了母亲的旨意,既无情欲又无乐趣地委身于人,就像是有人想要她去学一种职业,她就去从事这种职业一样。

长时期来耳濡目染的都是荒淫无耻的堕落生活,而且是从早年就开始了的堕落生活,加上这个女孩子长期以来孱弱多病,抑制了她脑子里分辨是非的才智,这种才智上帝可能也曾赋予她,但是后来却没有人想去发扬它。

我永远也忘不了这个年轻的姑娘,她每天几乎总是在同一时刻走过大街。她的母亲始终形影不离地陪着她,就像当

---

① 当时的贵族,多将其纹章镌刻于家用器物上,作为标记。

母亲的陪伴她真正的女儿一般。那时候我还年轻，很容易沾染上那个时代恣意纵欲的社会风气，但是我还记得，一看到这种丑恶的监视行为，我从心底里感到轻蔑和厌恶。

一个处女的脸庞上从来不会有这样一种天真无邪的感情和这样一副忧郁苦恼的表情。

这张脸就像委屈女郎①的头像一样。

一天，这个姑娘突然容光焕发。在她母亲替她一手操纵的堕落生涯里，上帝似乎赐给了这个女罪人一点幸福。诚然，上帝为什么要赋予她以懦弱的性格，让她承受痛苦生活的重压，而不给她一丝安慰呢？这一天，她发觉自己怀孕了，她身上还残存的那么一点纯洁的思想，使她开心得全身战栗。人的灵魂有它不可理解的寄托。路易丝急忙去把那个使她欣喜若狂的发现告诉她母亲。说起来也使人感到羞耻。但是，我们并不是在这里随意编造什么风流韵事，而是在讲一件真人真事。这种事，如果我们认为没有必要经常把这些女人的苦难公之于世，那也许还是索性闭口不谈为好。人们谴责这种女人而又不听她们的申诉，人们蔑视她们而又不公正地评价她们，我们说这是可耻的。可是那位母亲答复女儿说，她们两个人生活已经不容易了，三个人的日子就更难过了；再说，这样的孩子还是没有的好，而且大着肚子也是虚度光阴。

第二天，有一位助产婆——我们姑且把她当作那位母亲的一个朋友——来看望路易丝。路易丝在床上躺了几天，后来下床了，但脸色比过去更苍白，身体比过去更虚弱。

---

① 委屈女郎，指巴黎圣厄斯塔什教堂里一座大理石雕成的神情哀怨的妇女头像。

三个月以后,有一个男人出于怜悯,设法医治她身心的创伤,但是那次的打击太厉害了,路易丝终究还是因为流产的后遗症而死了。

那母亲仍旧活着,生活得怎么样?天知道!

当我凝视着这些金银器皿的时候,这个故事就浮现在我的脑海之中。时光似乎随着我的沉思默想已悄然逝去,屋子里只剩下我和一个看守人,他正站在门口严密地监视着我是不是在偷东西。

我走到这个正直的人跟前,他已被我搞得心神不定了。

"先生,"我对他说,"你可以把原来住在这里的房客的姓名告诉我吗?"

"玛格丽特·戈蒂埃小姐。"

我知道这位姑娘的名字,也见到过她。

"怎么!"我对看守人说,"玛格丽特·戈蒂埃死了吗?"

"是呀,先生。"

"什么时候死的?"

"有三个星期了吧。"

"那为什么让人来参观她的住宅呢?"

"债权人认为这样做可以抬高价钱。你知道,让大家预先看看这些织物和家具,这样可以招徕顾客。"

"那么说,她还欠着债?"

"哦,先生,她欠了好多哪!"

"卖下来的钱大概可以付清了吧?"

"还有得剩。"

"那么,剩下来的钱给谁呢?"

"给她家属。"

"她还有一个家?"

"好像有。"

"谢谢你,先生。"

看守人摸清了我的来意后感到放心了,对我行了一个礼,我就走了出来。

"可怜的姑娘!"我在回家的时候心里想,"她一定死得很惨,因为在她这种生活圈子里,只有身体健康才会有朋友。"我不由自主地对玛格丽特的命运产生了怜悯。

很多人对此可能会觉得可笑,但是我对烟花中人总是无限宽容的,甚至我也不想为这种宽容态度与人争辩。

一天在我去警察局领取护照的时候,瞥见邻街有两个宪兵要押走一个姑娘。我不知道这个姑娘犯了什么罪,只见她痛哭流涕地抱着一个才几个月大的孩子亲吻,因为她被捕后,母子就要骨肉分离。从这一天起,我就再也不轻易地蔑视一个女人了。

二

拍卖定于十六日举行。

在参观和拍卖之间有一天空隙时间,这是留给地毯商拆卸帷幔、壁毯等墙上饰物用的。

那时候,我正好从外地旅游归来。当一个人回到消息灵通的首都时,别人总是要告诉他一些重要新闻。但是没有人把玛格丽特的去世当作什么大事情来给我讲,这也是很自然的。玛格丽特长得很漂亮,但是,越是这些女人生前考究的生活闹得满城风雨,她们死后也就越是无声无息。她们就像某些星辰,每天不声不响地落下又升起。如果她们年纪轻轻就死了,那么她们所有的情人都会同时得到消息;因为在巴黎,一位名妓的所有情人彼此几乎都是密友。大家会相互回忆几件有关她过去的逸事,然后各人将依然故我,丝毫不受这事的影响,甚至谁也不会因此而掉一滴眼泪。

如今,人们到了二十五岁这年纪,眼泪就变得非常珍贵,决不能轻易乱流,充其量只对为他们花费过金钱的双亲才哭上几声,作为对过去为他们破费的报答。

而我呢,虽然玛格丽特哪一件用品上都没有我姓名的开头字母,可是我刚才承认过的那种出于本能的宽容和那种天生的怜悯,使我对她的死久久不能忘怀,也许她并不值得我如此想念。

记得我过去经常在香榭丽舍大街遇到玛格丽特,她坐着一辆由两匹栗色骏马驾着的蓝色小四轮轿式马车,每天一准来到那儿。那时候我就看出她跟她那一类人有点不一样,再加上她那独特的姿色,更使她显得不同凡响。

这些不幸的人儿出门的时候,身边总是有个什么人陪着的。

因为没有一个男人愿意把他们和这种女人的暧昧关系公开化,而她们又不堪寂寞,因此总是随身带着女伴。这些陪客有些是因为境况不如她们,自己没有车子;有些是怎么打扮也好看不了的老妇人。如果有人要想知道她们陪同的那位马车女主人的任何私情秘事,那么尽可以放心大胆地向她们去请教。

玛格丽特却不落窠臼,她总是独个儿坐车到香榭丽舍大街去,尽量不招人注意。她冬天裹着一条开司米大披肩,夏天穿着十分淡雅的长裙。在这条她喜欢散步的大道上尽管有很多熟人,她偶尔也对他们微微一笑,但这是一种只有公爵夫人才有的微笑,而且也惟有他们自己才能觉察。

她也不像她所有那些同行一样,习惯在圆形广场和香榭丽舍大街街口之间散步,她的两匹马飞快地把她拉到郊外的布洛涅树林①,她在那里下车,漫步一个小时,然后重新登上马车,疾驰回家。

所有这些我亲眼目睹的情景至今还历历在目,我很惋惜这位姑娘的夭折,就像人们惋惜一件精美的艺术品被毁掉了一样。

的确,玛格丽特可真是个绝色女子。

她身材颀长苗条稍许过了点分,可她有一种非凡的才能,只要在穿着上稍稍花些功夫,就把这种造化的疏忽给掩饰过去了。她披着长可及地的开司米大披肩,两边露出绸子长裙的宽阔的镶边,她那紧贴在胸前藏手用的厚厚的暖手笼四周的褶裥都做得十分精巧,因此无论用什么挑剔的眼光来看,线条都是无可指摘的。

她的头样很美,是一件绝妙的珍品,它长得小巧玲珑,就像缪塞②所说的那样,好像是经她母亲精心摩挲才成为这个模样的。

在一张流露着难以描绘其风韵的鹅蛋脸上,嵌着两只乌黑的大眼睛,上面两道弯弯细长的眉毛,纯净得犹如人工画就的一般,眼睛上盖着浓密的睫毛,当眼帘低垂时,给玫瑰色的

---

① 布洛涅树林在巴黎近郊,是当时上流社会人物的游乐胜地。
② 缪塞(1810—1857),法国浪漫主义诗人和戏剧家。

脸颊投去一抹淡淡的阴影;俏皮的小鼻子细巧而挺秀,鼻翼微鼓,像是对情欲生活的强烈渴望;一张端正的小嘴轮廓分明,柔唇微启,露出一口洁白如奶的牙齿;皮肤颜色就像未经人手触摸过的蜜桃上的绒衣:这些就是这张美丽的脸蛋给你的大致印象。

黑玉色的头发,不知是天然的还是梳理成的,像波浪一样地拳曲着,在额前分梳成两大绺,一直拖到脑后,露出两个耳垂,耳垂上闪烁着两颗各值四五千法郎的钻石耳环。

玛格丽特过着热情纵欲的生活,但是她的脸上却呈现出处女般的神态,甚至还带着稚气的特征,这真使我们百思而不得其解。

玛格丽特有一幅她自己的画像,是维达尔①的杰作,也惟有他的画笔才能把玛格丽特画得如此惟妙惟肖。在她去世以后,有几天,这幅画在我手里。这幅画画得跟真人一样,它弥补了我记忆力的不足。

这一章里叙述的情节,有些是我后来才知道的,不过我现在就写下来,免得以后开始讲述这个女人的故事时再去重新提起。

每逢首场演出,玛格丽特总是必到。每天晚上,她都是在剧场或舞场里度过。只要有新剧本上演,准可以在剧场里看到她。她随身总带着三件东西:一副望远镜、一袋蜜饯和一束茶花,而且总是放在底层包厢的前栏上。

一个月里有二十五天玛格丽特带的茶花是白的,而另外

---

① 维达尔(1811—1887),法国油画家,是法国名画家保罗·德拉罗什的学生。

五天她带的茶花却是红的,谁也摸不透茶花颜色变化的原因是什么,而我也无法解释其中的道理。在她常去的那几个剧院里,那些老观众和她的朋友们都像我一样注意到了这一现象。

除了茶花以外,从来没有人看见过她还带过别的花。因此,在她常去买花的巴尔戎夫人的花店里,有人替她取了一个外号,称她为茶花女,这个外号后来就这样叫开了。

此外,就像所有生活在巴黎某一个圈子里的人一样,我知道玛格丽特曾经做过一些翩翩少年的情妇,她对此毫不隐讳,那些青年也以此为荣,说明情夫和情妇他们彼此都很满意。

然而,据说有一次从巴涅尔①旅行回来以后,有几乎三年时间她就只跟一个外国老公爵一起过日子了。这位老公爵是个百万富翁,他想尽方法要玛格丽特跟过去的生活一刀两断。而且,看来她也甘心情愿地顺从了。

关于这件事别人是这样告诉我的:

一八四二年春天,玛格丽特身体非常虚弱,气色越来越不好,医生嘱咐她到温泉去疗养,她便到巴涅尔去了。

在巴涅尔的病人中间,有一位公爵的女儿,她不仅害着跟玛格丽特同样的病,而且长得跟玛格丽特一模一样,别人甚至会把她们看做是姐妹俩。不过公爵小姐的肺病已经到了第三期,玛格丽特来巴涅尔没几天,她就离开了人间。

就像有些人不愿意离开埋葬着亲人的地方一样,公爵在女儿去世后仍旧留在巴涅尔。一天早上,公爵在一条小路的拐角处遇见了玛格丽特。

---

① 巴涅尔,法国有名的温泉疗养地区。

他仿佛看到他女儿的影子在眼前掠过，便上前拉住了她的手，老泪纵横地搂着她，甚至也不问问清楚她究竟是谁，就恳求她允许他去探望她，允许他像爱自己去世的女儿的替身那样爱她。

和玛格丽特一起到巴涅尔来的只有她的侍女，再说她也不怕名声会受到什么损害，就同意了公爵的请求。

在巴涅尔也有一些人认识玛格丽特，他们专诚拜访公爵，将戈蒂埃小姐的社会地位据实相告。这对这个老年人来说，是一个沉重的打击，因为这一下就再也谈不上她女儿与玛格丽特还有什么相似之处了，但已为时过晚，这个少妇已经成了他精神上的安慰，简直成了他赖以生存下去的惟一的借口和托词。

他丝毫也没有责备玛格丽特，他也没有权利责备她，但是他对玛格丽特说，如果她觉得可以改变一下她那种生活方式的话，他愿意补偿她的损失，她想要什么就可以有什么。玛格丽特答应了。

必须说明的是，生性热情的玛格丽特当时正在病中，她认为过去的生活似乎是她害病的一个主要原因。出于一种迷信的想法，她希望上帝因为她的改悔和皈依而把美貌和健康留给她。

果然，到夏末秋初的时候，由于洗温泉澡、散步、自然的体力消耗和正常的睡眠，她几乎已恢复了健康。

公爵陪同玛格丽特回到了巴黎，他还是像在巴涅尔一样，经常来探望她。

他们这种关系，别人既不知道真正的缘由，也不知道确切的动机，所以在巴黎引起了很大的轰动。因为公爵曾以他的万贯家财而著称,现在又以挥霍无度而闻名了。

大家把老公爵和玛格丽特的亲密关系归咎于老年人贪淫好色,这是某些有钱的老头儿常犯的毛病,人们对他们的关系有各种各样的猜测,就是猜不到真情。

其实这位父亲对玛格丽特产生这样的感情,原因十分纯洁,除了跟她有心灵上的交往之外,任何其他关系在公爵看来都意味着乱伦。他始终没有对她讲过一句不适宜给女儿听的话。

我们对我们的女主人公除了如实描写,根本没想要把她写成别的样子。我们只是说,当玛格丽特待在巴涅尔的时候,她还是能够遵守对公爵许下的诺言的,她也是遵守了的;但是一旦返回巴黎,这个惯于挥霍享乐、喝酒跳舞的姑娘似乎就耐不住了,这种惟有老公爵定期来访才可以解解闷的孤寂生活使她觉得百无聊赖,难以排遣,过去那种火热生活的烈焰一下子涌上了她的脑海和心头。

而且玛格丽特从这次旅行回来以后显得从未有过的妩媚娇艳,她正当二十妙龄,她的病看起来已大有起色,但实际上并未根除,因此激起了她狂热的欲望,这种欲望往往也就是肺病的症状。

公爵的朋友们总是说公爵和玛格丽特在一起有损公爵的名誉,他们不断地监视她的行动,想抓住她行为不端的证据。一天,他们来告诉公爵,并向他证实,玛格丽特在拿准公爵不会去看她的时候,接待了别人,而且这种接待往往一直要延续到第二天。公爵知道后心里非常痛苦。

玛格丽特在受到公爵盘问的时候承认一切,还坦率地劝告他以后不要再关心她了,因为她觉得自己已没有力量信守前言,她也不愿意再接受一个被她欺骗的人的好意了。

公爵有一个星期没有露面,他也只能做到这个地步。到了第八天,他就来恳求玛格丽特还是像过去一样跟他来往,只要能够见到玛格丽特,公爵同意完全让她自由行动,还向她发誓说,即使要了他的命,他也决不再说一句责备她的话。

这就是玛格丽特回到巴黎三个月以后,也就是一八四二年十一月或者十二月里的情况。

三

十六日下午一点钟,我到昂坦街去了。

在大门口就能听到拍卖估价人的喊叫声。

房间里挤满了好奇的人。

所有花街柳巷的名媛都到场了,有几个贵妇人在偷偷打量她们。这一次她们又可以借着参加拍卖的名义,仔细瞧瞧那些她们从来没有机会与之共同相处的女人,也许她们私下还在暗暗羡慕这些女人自由放荡的享乐生活呢。

F公爵夫人的胳膊撞上了A小姐;A小姐是当今妓女圈子里一位典型的薄命红颜;T侯爵夫人正在犹豫要不要把D夫人一个劲儿在抬价的那件家具买下来;D夫人是当代最风流最有名的荡妇。那位Y公爵,他在马德里被认为在巴黎破了产,而在巴黎又被认为在马德里破了产,而实际上连每年的收入都没有花完。这会儿他一面在跟M太太聊天,一面却在和N夫人眉来眼去调情。M太太是一位才气横溢的短篇小说作家,她常想把自己讲的东西写下来,并签上自己的大名。漂亮的N夫人经常在香榭丽舍大街上散步,穿的衣衫离不了粉红和天蓝两种颜色,有两匹健壮的黑马为她驾车,这两匹马托尼向她要价一万法郎……她如数照付;最后还有 R 小姐,她靠自己的才能挣得的地位使那些靠嫁妆的上流社会妇人自愧弗如,使那些靠爱情的女人更是望尘莫及。她不顾天气寒冷,也赶来购买一些东西,注意她的人还真不少。

我们还可以举出云集在这间屋里的很多人姓氏的首字母,他们在这里相遇连他们自己也感到非常惊讶,不过为了不使读者感到厌烦,恕我不再一一介绍。

我必须一提的是,当时大家都兴高采烈。女人中间虽有很多人是死者生前的熟人,但这会儿似乎对死者毫无怀念之情。

大家高声谈笑,拍卖估价人声嘶力竭地大声叫喊。坐满在拍卖桌前板凳上的商人们拼命叫大家安静,好让他们稳稳当当做生意,但谁也不睬他们。像这样嘈杂喧闹的集会倒是从未见过。

我默默地混进了这堆纷乱的人群。我在想,这情景发生在这个可怜的女人咽气的卧室近旁,为的是拍卖她的家具来偿付她生前的债务,想到这里,心中不免感到无限惆怅。与其说我是来买东西的,倒不如说是来看热闹的,我望着几个拍卖商的脸,每当一件物品叫到他们意料不到的高价时,他们就喜笑颜开,心花怒放。

那些在这个女人的神女生涯上搞过投机买卖的人,那些在她身上发过大财的人,那些在她弥留之际拿着贴了印花的借据来和她纠缠不休的人,还有那些在她死后就来收取他们冠冕堂皇的账款和卑鄙可耻的高额利息的人,所有那些人可全都是正人君子哪!

难怪古人说,商人和盗贼信的是同一个上帝,说得何其正确!

长裙、开司米披肩、首饰,一下子都卖完了,快得令人难以置信,可是没有一件东西是我用得着的,我一直在等待。

突然,我听到在喊叫:

"精装书一册,装订考究,书边烫金,书名《玛侬·莱斯科》①,扉页上写着几个字,十法郎。"

有相当长一段时间的冷场,以后,有一个人叫道:

"十二法郎。"

"十五法郎。"我说。

为什么我要出这个价钱呢?我自己也不清楚,大概是为了那上面写着的几个字吧。

"十五法郎。"拍卖估价人又叫了一次。

"三十法郎。"第一个出价的人又叫了,口气似乎是对别人加价感到恼火。

这下子就变成一场竞争了。

"三十五法郎!"我用同样的声调叫道。

"四十法郎!"

"五十法郎!"

"六十法郎!"

"一百法郎!"

我承认如果我是想要引人注意的话,那么我已经完全达到了目的,因为在这一次争着加码的时候,全场鸦雀无声,大

---

① 《玛侬·莱斯科》,十八世纪法国普莱服神甫(1697—1763)写的一部著名恋爱小说。

家都瞅着我,想看看这位似乎一心要得到这本书的先生究竟是何等样人。

我最后一次叫价的口气似乎把我那位对手给镇住了,他想想还是退出这场竞争的好,这就使我花了十倍于原价的钱买下了这本书。接着,他向我欠了欠身子,非常和气地对我说,尽管有些迟了。

"我让了,先生。"

那时也没有别人再抬价,书就归了我。

因为我怕我的自尊心会再一次激起我的倔脾气,而我身边又不宽裕,我请他们记下我的姓名,把书留在一边,就下了楼。那些目击者肯定对我作了种种猜测,他们一准会暗暗思忖,我花一百法郎的高价来买这么一本书究竟是为了什么,这本书到处都可以买到,只要花上十个法郎,至多也不过十五个法郎。

一个小时以后,我派人把我买下的那本书取了回来。

扉页上是赠书人用钢笔写的两行秀丽的字迹:

玛侬对玛格丽特

惭愧

下面的署名是阿尔芒·迪瓦尔。

"惭愧"这两个字用在这里是什么意思?

根据阿尔芒·迪瓦尔先生的意见,玛侬是不是承认玛格丽特无论在生活放荡方面,还是在内心感情方面,都要比她更胜一等?

第二种在感情方面解释的可能性似乎要大一些,因为第一种解释是唐突无礼的,不管玛格丽特对自己有什么样的看法,她也是不会接受的。

我又出去了,一直到晚上睡觉时,我才想到那本书。

当然,《玛侬·莱斯科》是一个动人的故事,我虽然熟悉故事里每一个情节,可是不论什么时候,只要手头有这本书,我对这本书的感情总是吸引着我,我打开书本,普莱服神甫塑造的女主人公似乎又在眼前,这种情况几乎反复一百多次了。这位女主人公给描绘得那么栩栩如生,真切动人,仿佛我真的见过她似的。此时又出现了把玛侬和玛格丽特作比较这种新情况,更增添了这本书对我的意料不到的吸引力。出于对这个可怜的姑娘的怜悯,甚至可以说是喜爱,我对她愈加同情了,这本书就是我从她那里得到的遗物。的确,玛侬是死在荒凉的沙漠里的,但是她是死在一个真心爱她的情人的怀抱里的。玛侬死后,这个情人为她挖了一个墓穴,他的眼泪洒落在她身上,并且连同他的心也一起埋葬在里面了。而玛格丽特呢,她像玛侬一样是个有罪的人,也有可能像玛侬一样弃邪归正了;但正如我所看到的那样,她是死在富丽豪华的环境里的。她就死在她过去一直睡觉的床上,但在她的心里却是一片空虚,就像被埋葬在沙漠中一样,而且这个沙漠比埋葬玛侬的沙漠更干燥、更荒凉、更无情。

我从几个了解她临终情况的朋友那里听说,玛格丽特在她长达两个月的无比痛苦的病危期间,谁都没有到她床边给过她一点真正的安慰。

我从玛侬和玛格丽特,转而想到了我所认识的那些女人,我看着她们一边唱歌,一边走向那几乎总是千篇一律的最后归宿。

可怜的女人哪!如果说爱她们是一种过错,那么至少也应该同情她们。你们同情见不到阳光的瞎子,同情听不到大自然音响的聋子,同情不能用声音来表达自己思想的哑巴;但是,在一种虚假的所谓廉耻的借口之下,你们却不愿意同情这种心灵上的瞎子,灵魂上的聋子和良心上的哑巴。这些残疾逼得那个不幸的受苦的女人发疯,使她无可奈何地看不到善良,听不到上帝的声音,也讲不出爱情、信仰的纯洁的语言。

雨果刻画了马里翁·德·洛尔姆;缪塞创作了贝尔纳雷脱;大仲马塑造了费尔南特;①各个时期的思想家和诗人都把仁慈的怜悯心奉献给娼家女子。有时候一个伟人挺身而出,用他的爱情,甚至以他的姓氏来为她们恢复名誉。我之所以要再三强调这一点,因为在那些开始看我这本书的读者中间,恐怕有很多人已经准备把这本书抛开了,生怕这是一本专门为邪恶和淫欲辩护的书,而且作者的年龄无疑更容易使人产生这种顾虑。希望这些人别么想,如果仅仅是为了这一点,那还是请继续看下去的好。

我仅仅信奉一个原则:没有受到过"善"的教育的女子,上帝几乎总是向她们指出两条道路:一条通向痛苦,一条通向爱情。这两条路走起来都十分艰难。那些女人在上面走得两脚流血,两手破裂,但她们同时在路旁的荆棘上留下了罪恶的外衣,赤条条地抵达旅途的尽头,在上帝面前赤身裸体,也不脸红。

遇到这些勇敢的女旅客的人们都应该帮助她们,并且跟大家说他们曾经遇到过这些女人,因为在宣传这件事情的时

---

① 雨果、缪塞和大仲马都是法国十九世纪著名作家。马里翁·德·洛尔姆、贝尔纳雷脱和费尔南特这三个人都是他们作品中写到的妓女。

候,也就是指出了道路。

要解决这个问题不能简单地在人生道路的入口处竖上两块牌子:一块是告示,写着"善之路";另一块是警告,写着"恶之路";并且向那些走来的人说:"选择吧!"而必须像基督那样,向那些受到环境诱惑的人指出从第二条路通往第一条路的途径;尤其是不能让这些途径的开头那一段太峻险,显得太不好走。

基督教关于浪子回头的美妙的寓言,目的就是劝告我们对人要仁慈,要宽容。耶稣对那些深受情欲之害的灵魂充满了爱,他喜欢在包扎他们伤口的时候,从伤口本身取出治伤口的香膏敷在伤口上。因此,他对马特莱娜说:"你将获得宽恕,因为你爱得多[①]。"崇高的宽恕行为应该唤起一种崇高的信仰。

为什么我们要比基督严厉呢?这个世界为了要显示它的强大,故作严厉,我们也就顽固地接受了它的成见。为什么我们要和它一样丢弃那些伤口里流着血的灵魂呢?从这些伤口里,像病人渗出污血一样渗出了他们过去的罪恶。这些灵魂在等待着一只友谊的手来包扎他们的伤口,治愈他们心头的创伤。

我这是在向我同时代的人呼吁,向那些伏尔泰先生的理论幸而对之已经不起作用的时代的人呼吁,向那些像我一样地懂得十五年以来人道主义正在突飞猛进的人呼吁。善恶的学识已经得到公认,信仰又重新建立,我们对神圣的事物又重新开始尊敬。如果还不能说这个世界是十全十美的,至少可

---

① 见《圣经·路加福音》第七章,第四十四至四十八节。

以说比以前大有改善。聪明人全都致力于同一个目的,一切伟大的意志都服从于同一个原则:我们要善良,要朝气蓬勃,要真实!邪恶只不过是一种空虚的东西,我们要为行善而感到骄傲,最重要的是,我们千万不要丧失信心。不要轻视那些既不是母亲、姐妹,又不是女儿、妻子的女人。不要减少对亲族的尊重,和对自私的宽容。既然上天对一个忏悔的罪人比对一百个从来没有犯过罪的正直的人更加喜欢,就让我们尽力讨上天的喜欢吧,上天会赐福给我们的。在我们行进的道路上,给那些被人间欲望所断送的人留下我们的宽恕吧,也许一种神圣的希望可以拯救他们,就像那些老婆子在劝人接受她们的治疗方法时所说的:即使没有什么好处,也不会有什么坏处。

当然,我想从细小的论题里面得出伟大的结论,似乎太狂妄、太大胆了。但是,一切都存在于渺小之中,我就是相信这种说法的人。孩子虽然幼小,但他是未来的成人;脑袋虽然狭窄,但它蕴藏着无限的思想;眼珠儿才不过一丁点儿大,它却可以看到广阔的天地。

四

两天以后,拍卖全部结束,一共售得十五万法郎。

债主们拿走了三分之二,余下的由玛格丽特的家属继承,她的家属有一个姐姐和一个外甥①。

---

① 原文"Petit-neveu",意为外甥孙子或侄孙,似有误,现改为外甥。——译者

这个姐姐一看到公证人写信通知她说可以继承到五万法郎的遗产时,惊得呆若木鸡。

这个年轻的姑娘已经有六七年没有看见她的妹妹了。打从她妹妹失踪以后,不论是她还是别人,都没有得到过一点有关她的消息。

这个姐姐急急忙忙地赶到了巴黎。那些认识玛格丽特的人看到了她都感到惊诧不置,因为玛格丽特惟一的继承人居然是一个胖胖的美丽的乡下姑娘,她还从来没有离开过家乡呢。

她顷刻间发了大财,也不知道这笔意外之财是从哪里来的。

后来有人告诉我,她回到村子里的时候,为她妹妹的死亡感到十分悲伤,然而她把这笔钱以四厘五的利息存了起来,使她的悲伤得到了补偿。

在巴黎这个谣诼纷纭的罪恶渊薮里,这些事情到处有人在议论,随着岁月的消逝,也就慢慢地被人遗忘了。要不是我忽然又遇上了一件事,我也几乎忘记了自己怎么会参与这些事情的。通过这件事,我知道了玛格丽特的身世,并且还知道了一些非常感人的详情细节。这使我产生了把这个故事写下来的念头。现在我就来写这个故事。

家具售完后,那所空住宅重新出租了,在那以后三四天的一个早晨,有人拉我家的门铃。

我的仆人,也可以说我那兼做仆人的看门人去开了门,给我拿来一张名片,他对我说来客要求见我。

我瞧了一下名片,看到上面写着:阿尔芒·迪瓦尔。

我在记忆里搜索自己曾在什么地方看见过这个名字,我记起了《玛侬·莱斯科》这本书的扉页。

送这本书给玛格丽特的人要见我干什么呢？我吩咐立即请那个等着的人进来。

于是我看到了一个金黄头发的青年。他身材高大，脸色苍白，穿着一身旅行服装，这套服装像已穿了好几天，甚至到了巴黎也没刷一下，因为上面满是尘土。

迪瓦尔先生非常激动，他也不想掩饰他的情绪，就这么眼泪汪汪地用颤抖的声音对我说：

"先生，请原谅我这么衣冠不整、冒昧地来拜访你。不过年轻人是不大讲究这些俗套的，何况我又实在急于想在今天就见到你。因此我虽然已经把行李送到了旅馆，我却没有时间到旅馆里去歇一下就马上赶到你这儿来了。尽管时间还早，我还是怕碰不上你。"

我请迪瓦尔先生在炉边坐下。他一面就座，一面从口袋里掏出一块手帕，把脸捂了一会儿。

"你一定不明白，"他唉声叹气地接着说，"一个素不相识的人，在这种时间，穿着这样的衣服，哭成这般模样地来拜访你，会向你提出什么样的请求。

"我的来意很简单，先生，是来请你帮忙的。"

"请讲吧，先生，我愿意为你效劳。"

"你参加了玛格丽特·戈蒂埃家里的拍卖吗？"

一讲到玛格丽特的名字，这个年轻人暂时克制住的激动情绪又控制不住了，他不得不用双手捂住眼睛。

"你一定会觉得我很可笑，"他又说，"请再一次原谅我这副失礼的模样。你那么耐心地听我说话，请相信，我是不会忘记的。"

"先生，"我对他说，"如果我真的能为你效劳，能稍许减轻你一些痛苦的话，请快点告诉我能为你干些什么。你会知道我是一个非常乐意为你效劳的人。"

迪瓦尔先生的痛苦实在令人同情，我无论如何也要使他对我满意。

于是他对我说：

"在拍卖玛格丽特财产的时候，你是不是买了什么东西？"

"是的，先生，买了一本书。"

"是《玛侬·莱斯科》吧？"

"是啊！"

"这本书还在你这儿吗？"

"在我卧室里。"

阿尔芒·迪瓦尔听到这个消息，仿佛心里放下了一块石头，立刻向我致了谢意，好像这本书仍在我这儿就已经是帮了他的忙似的。

于是我站起来，走进卧室把书取来，交给了他。

"就是这本，"他说，一面瞧了瞧扉页上的题字就翻看起来，"就是这本。"

两颗大大的泪珠滴落在书页上。

"那么，先生，"他抬起头来对我说，这时候他根本顾不上去掩饰他曾经哭过，而且几乎又要出声哭泣了，"你很珍视这本书吗？"

"先生，你为什么要这样问？"

"因为我想请求你把它让给我。"

"请原谅我的好奇，"这时我说，"把这本书送给玛格丽特·戈蒂埃的就是你吗?"

"就是我。"

"这本书归你啦,先生,你拿去吧,我很高兴能使这本书物归原主。"

"但是,"迪瓦尔先生不好意思地说,"那么至少我也得把你付掉的书款还给你。"

"请允许我把它奉赠给你吧。在这样一次拍卖中,区区一小本书的价钱是算不了什么的,这本书花了多少钱我自己也记不起来了。"

"你花了一百法郎。"

"是啊,"我说,这次轮到我觉得尴尬了,"你是怎么知道的?"

"这很简单,我原来想及时来到巴黎,赶上玛格丽特的遗物拍卖,但是直到今天早晨我才赶到。说什么我也要得到她一件遗物,我就赶到拍卖估价人那儿,请他让我查一查售出物品的买主名单。我查到这本书是你买的,就决定上这儿来请求你割爱,不过你出的价钱使我担心,你买这本书会不会也是为了某种纪念呢?"

一望而知,阿尔芒显然在担忧玛格丽特跟我会不会跟他一样,也有着某种近似的交情。

我赶忙使他放心。

"我不过是见到过她罢了,"我对他说,"一个年轻人对一个他乐于遇见的漂亮女人的去世会产生的那种感受,也就是我的感受。我也不知道为什么想在那次拍卖中买些东西,后来有一位先生死命跟我抬价,似乎存心不让我买到这本书。我也是一时高兴,逗他发火,才一个劲儿地跟他争着买这本书。因此,我再跟你说一遍,先生,这本书现在归你了,并且我再一次请求你接受它,不要像我从拍卖估价人手里买到它那样从我手里买回去,我还希望这本书能有助于我们之间结成更深厚长久的友谊。"

"太好了,先生,"阿尔芒紧紧握住我的手说,"我接受了。你对我的好意,我铭诸肺腑,终生难忘。"

我非常想问问阿尔芒有关玛格丽特的事情,因为书上的题词,这位青年的长途跋涉和他想得到这本书的强烈愿望都引起了我的好奇心,但是我又不敢贸然向我的客人提出这些问题,生怕他以为我不接受他的钱只是为了有权干预他的私事。

可能他猜出了我的心事,因为他对我说:

"你看过这本书吗?"

"全看过了。"

"你对我写的两行题词有没有想过是什么意思?"

"我一看这两行题词就知道,在你眼里,接受你赠书的那位可怜的姑娘确实是不同寻常的,因为我不愿意把这两行字看做是一般的恭维话。"

"你说得对,先生,这位姑娘是一位天使,你看,"他对我说,"看看这封信!"

他递给我一张信纸,这张纸显然已经被看过许多遍了。

我打开一看,上面是这样写的:

亲爱的阿尔芒,收到了你的来信,你的心地还是像以前一样善良,我真要感谢上帝。是的,我的朋友,我病了,而且是不治之症;但是你还是这样关心我,这就大大地减轻了我的痛苦。我恐怕活不长了。我刚才收到了你那封写得那么感人的信,可是我没福再握一握写信人的手了。如果有什么东西可以医好我的病,那么,这封信里的话就是。我不会再见到你了,你我之间远隔千里,而我又死在眼前。可怜的朋友!你的玛格丽特眼下已经和过去大不一样了。让你看见她现在这副模样,还不如干脆不见的好。你问我能否宽恕你,我从心底里原谅你。朋友,因为你以前待我不好恰恰证明了你是爱我的。我卧床已经一个月了,我非常看重你对我的尊重,因此我每天都在写日记,从我们分离的时候开始一直写到我不能握笔为止。

如果你是真的关心我,阿尔芒,你回来以后,就到朱利·迪普拉那儿去。她会把这些日记交给你,你在里面会找到我们之间发生这些事情的原因,以及我的解释。朱利待我非常好,我们经常在一起谈到你。收到你信的时候她也在旁边,我们看信的时候都哭了。

如果我们收不到你的回信,朱利负责在你回到法国的时候把这些日记交给你。不用感谢我写了这些日记,这些日记使我每天都能重温我一生中仅有的几天幸福日子,这对我是很有益的。如果你看了这些日记以后,能够对过去的事有所谅解的话,那么对我来说就是得到了永久的安慰。

我想给你留一些能够使你永远想着我的纪念品,但是我家里的东西已经全被查封了,没有一样东西是属于我的了。

我的朋友,你明白了吗?我眼看就要死了,在我的卧室里就能听到客厅里看守人的脚步声。他是我的债主们派来的,为的是不准别人拿走什么东西。即使我不死,也已经一无所有了。希望他们一定要等我断气以后再拍卖啊!

啊!人是多么残酷无情!不!更应该说上帝是铁面无私的。

好吧,亲爱的,你来参加我财产的拍卖,这样你就可以买到一些东西。因为,如果我现在为你留下一件即使是最最微不足道的东西,要是给人知道了,别人就可能控告你侵吞查封的财产。

我要离开的生涯是多么凄凉啊!

如果我能在死前再见你一面,那么上帝该有多好啊!照目前情况看,我们一定是永别了。朋友,请原谅我不能再写下去了。那些说要把我的病治好的人老是给我放血,我都精疲力竭了,我的手不听使唤了。

玛格丽特·戈蒂埃

的确,最后几个字写得十分模糊,几乎都无法辨认。

我把信还给了阿尔芒。他刚才一定在我看信的时候,又在心里把它背诵了一遍。因为他一面把信拿回去一面对我说:

"谁能相信这是一个妓女的手笔!"他一下子勾起了旧日情思,心情显得很激动。他对着信上的字迹凝视了一会儿,最后把信拿到唇边吻着。

"当我想到,"他接着又说,"我不能在她死前再见她一面,而且再也看不到她;又想到她待我比亲姐妹还好,而我却让她这样死去时,我怎么也不能原谅自己。

"死了!死了!她临死还在想着我,还在写信,喊着我的名字。可怜的,亲爱的玛格丽特啊!"

阿尔芒听任自己思绪翻腾,热泪纵横,一面把手伸给我,一面继续说道:

"一个陌生人看到我为这样一个姑娘的死如此悲痛,可能会觉得我太傻,那是因为他不知道我过去是怎样折磨这个女人的。那时候我是多么狠心啊!她又是多么温柔,受了多大委屈啊!我原来以为是我在饶恕她;而今天,我觉得根本不配接受她赐给我的宽恕。啊!要是能够在她脚下哭上一个小时,要我少活十年,我也心甘情愿。"

大凡不了解一个人痛苦的原因而要安慰他,那是不太容易的。然而我对这个年轻人却产生了强烈的同情心。他这么坦率地向我倾吐他的悲哀,不由使我相信,他对我的话也不会无动于衷。于是我对他说:

"你有亲戚朋友吗?想开一些,去看看他们,他们会安慰你;因为我,我只能同情你。"

"是啊,"他站起来说,一面在我的房间里跨着大步来回走着,"我让你讨厌了,请原谅我,我没有考虑到我的痛苦跟你并不相干,我没有考虑到我跟你唠叨的那件事,你根本不可能也不会感兴趣。"

"你误会我的意思啦,我完全听从你的盼咐。可惜我无力减轻你的痛苦。如果我,或者我的朋友可以减轻你的苦恼,总之不管你在哪方面用得到我的话,我希望你知道我是非常乐意为你效劳的。"

"请原谅,请原谅,"他对我说,"痛苦使人神经过敏,请让我再待一会儿,好让我抹抹眼泪,免得街上的行人把我当成一个呆子,这么大一个人还哭鼻子。你刚才把这本书给了我,叫我很快活。我永远也无法报答你对我的好意。"

"那么你就给我一点友谊,"我对阿尔芒说,"你就跟我谈谈你为什么这样伤心,把心里的痛苦讲出来,人就会感到轻松一些。"

"你说得对,但是我今天直想哭。我只能跟你讲些没头没脑的话,改天我再把这件事讲给你听,你就会明白我为这个可怜的姑娘感到伤心不是没有道理的。而现在,"他最后一次擦了擦眼睛,一面照了照镜子对我说,"希望你不要把我当作一个傻瓜,并且允许我再来拜访你。"

这个年轻人的眼光又善良,又温柔,我几乎想拥抱他。

而他呢,眼眶里又闪现出了泪花。他看到我已经发觉,便把目光从我身上移开了。

"好吧,"我对他说,"要勇敢一点。"

"再见。"他对我说。

他拼命忍住泪水,从我家里逃了出去,因为很难说他是走出去的。

我撩起窗帘,看到他登上了在门口等着他的轻便双轮马车。一进车厢,他眼泪就不听使唤了。他拿起手帕捂面痛哭起来。

五

有很长一段时间阿尔芒杳无音讯,相反玛格丽特倒经常有人提起。

我不知道你可曾有过这样的感觉:一个看来跟你素不相识或者至少是毫无关系的人,一旦有人在你面前提到他的姓名,跟这个人有关的各种琐闻就会慢慢地汇集拢来,你的三朋四友也都会来和你谈起他们从来也没有跟你谈过的事,你几乎就会觉得这个人仿佛就在你的身边。你会发现,在你的生活里,这个人曾屡次出现过,只不过没有引起你的注意罢了。你会在别人讲给你听的那些事情里面找到和你自己生活中的某些经历相吻合、相一致的东西。我跟玛格丽特倒并非如此,因为我曾经看见过她,遇到过她。我还记得她的容貌,知道她的习惯。不过,自从那次拍卖以后,我就经常听见有人提到她的名字。我在前一章中曾提到这种情况,这个名字与一个极其巨大的悲痛牵扯在一起。因此我越来越感到诧异,好奇心也越来越重了。

过去,我从来也没有跟朋友们谈到过玛格丽特;现在,我一碰到他们就问:

"你认识一个名字叫玛格丽特·戈蒂埃的女人吗?"

"茶花女吗?"

"就是她。"

"熟悉得很!"

"熟悉得很!"他们说这句话的时候,有时脸上还带着那种含意明确的微笑。

"那么,这个姑娘怎么样?"我继续问道。

"一个好姑娘。"

"就这些吗?"

"我的天!是啊,比别的姑娘聪明一些,可能比她们更善良一些。"

"你一点也不知道她有什么特别的事吗?"

"她曾经使 G 男爵倾家荡产。"

"就这一点吗?"

"她还做过……老公爵的情妇。"

"她真的是他的情妇吗?"

"大家都是这么说的,不管怎么说,那老公爵给过她很多钱。"

听到的总是那一套泛泛之谈。

然而,我非常渴望知道一些关于玛格丽特和阿尔芒之间的事。

一天,我遇到了一个人。这个人和那些风月场中的名媛过从甚密。我问她:

"你认识玛格丽特·戈蒂埃吗?"

回答又是"熟悉得很"。

"她是一个怎么样的姑娘?"

"一个美丽善良的姑娘。她死了,我很难过。"

"她有没有一个叫阿尔芒·迪瓦尔的情人?"

"一个金黄头发的高个儿吗?"

"是啊!"

"有这么个人。"

"阿尔芒是个怎么样的人?"

"一个年轻人,我相信他把自己仅有的一点儿钱和玛格丽特两人一起花光了,后来他不得不离开了她。据说他几乎为她发了疯。"

"那么玛格丽特呢?"

"她也非常爱他,大家一直这么说。不过这种爱就像那些姑娘们的爱一样,总不能向她们要求她们没法给的东西。"

"后来阿尔芒怎么样了?"

"我一无所知。我们跟他不熟。他和玛格丽特在乡下同居了五六个月。不过那是在乡下,她回到巴黎时,他就走了。"

"以后你就没有看见过他吗?"

"一直没有。"

我也没有再看见过阿尔芒。我甚至在寻思,他来我家,是不是因为他知道了玛格丽特刚才死去的消息而勾起了旧情,因此才格外悲伤。我思忖他也许早就把再来看我的诺言随同死者一起抛到九霄云外去了。

对别人来说很可能如此,可是阿尔芒不会。他当时那种悲痛欲绝的声调是非常真诚的。因此我从这一个极端又想到了另外一个极端,我想阿尔芒一定是哀伤成疾,我得不到他的消息,是因为他病了,兴许已经死掉了。

我不由自主地关心起这个年轻人来了。这种关心也许掺杂着某些私心,说不定在他这种痛苦下,我已揣测到有一个缠绵悱恻的爱情故事;也可能是因为我急于想知道这个故事,所以才对阿尔芒的销声匿迹感到如此的不安。

既然迪瓦尔先生没有再来看我,我就决意到他家里去。要找一个拜访他的借口并不难,可惜我不知道他的住址。我到处打听,但谁都不能告诉我。

我就到昂坦街去打听。玛格丽特的看门人可能知道阿尔芒住在哪儿。看门人已经换了一个新的,他跟我一样不知道阿尔芒的住址。于是我就问戈蒂埃小姐葬在哪里。在蒙马特公墓。

已经是四月份了,天气晴朗,阳光明媚,坟墓不再像冬天时那样显得阴森凄凉了。总之,气候已经相当暖和,活着的人因此想起了死去的人,就上他们坟上扫墓。我在去公墓的路上想着,我只要观察一下玛格丽特的坟墓,就可以看出阿尔芒是不是还在伤心,也许还会知道他现在究竟怎么样了。

我走进公墓看守的房间,我问他在二月二十二日那天,是不是有一个名叫玛格丽特·戈蒂埃的女人葬在蒙马特公墓里。

那个人翻阅一本厚厚的簿子,簿子上按号码顺序登记着所有来到这个最后归宿地的人的名字。接着他回答我说,二月二十二日中午,的确有一个叫这个名字的女人在这里下葬。

我请他叫人把我带到她的坟上去,因为在这个死人的城市里,就像在活人的城市里一样,是有街道的,如果没有人指引,很难辨清方向。看守叫来一个园丁,并关照他一些必要的事情。园丁插嘴说:"我知道,我知道……"接着转身对我说,"啊!那个坟墓好认得很!"

"为什么呢?"我问他。

"因为那上面的花和别的坟上的花完全不同。"

"那个坟墓是你照管的吗?"

"是的,是一个年轻人托我照管的。先生,但愿所有死者的亲属都能像他一样怀念死者就好了。"

拐了几个弯以后,园丁站住了,对我说:

"我们到了。"

果然,一块方形花丛呈现在我眼前,如果没有一块刻着名字的白色大理石在那里作证的话,谁也认不出这是一座坟墓。

这块大理石笔直地竖在那儿,一圈铁栅栏把这块买下的坟地围了起来,坟地上铺满了白色的茶花。

"你觉得怎么样?"园丁问我。

"美极了。"

"只要有一朵茶花枯萎了,我就按照吩咐另换新的。"

"那么是谁吩咐你的呢?"

"一个年轻人,他第一次来的时候哭得很伤心,肯定是死者的老相好,因为那个女的好像不是个规矩人。据说她过去长得很标致。先生,你认得她吗?"

"认得。"

"跟那位先生一样吧。"园丁带着狡黠的微笑对我说。

"不一样,我从来也没有跟她讲过话。"

"而你倒来这里看她,那你心肠可真好!因为到这公墓里来看这个可怜的姑娘的人并不多。"

"那么没有人来过吗?"

"除了那位年轻先生来过一次以外,没有人来过。"

"只来过一次?"

"是的,先生。"

"后来他没有来过吗?"

"没有来过,但是他回来以后会来的。"

"这么说他是出门去了?"

"是的。"

"你知道他上哪儿去了?"

"我想他是到戈蒂埃小姐的姐姐那儿去了。"

"他到那儿去干什么?"

"他去请求玛格丽特的姐姐同意把死者挪个地方,他要把玛格丽特葬到别处去。"

"为什么不让她葬在这儿呢?"

"你知道,先生,人们对死人有种种看法。而我们这些人,却每天都看见死人。这块坟地的租用期才五年,而这个年

35

轻人想要有一块永久性出让的、面积更大一点的坟地,最好是新区里的地。"

"什么新区?"

"就是现在正在出售的,靠左面的那些新坟地。如果公墓以前一直像现在那样管理,那么很可能是世界上独一无二的了。但是要使一切都做得那么十全十美,那还差得远呢。再说人们又是那么可笑。"

"你这是什么意思?"

"我的意思是说,有些人一直到了这里还要神气活现。就说这位戈蒂埃小姐,好像她生活有点儿放荡,请原谅我用了这个词。现在,这位可怜的小姐,她死了;而如今不给人落什么话柄我们却天天在她们坟上浇花的女人不是同样有的是吗?但是,那些葬在她旁边的人的亲属一旦知道了她是个什么样的人,亏他们想得出说他们反对把她葬在这儿,还说这种女人应该像穷人一样,另外有个专门埋葬的地方。谁看见过这种事?我把他们驳得体无完肤:有些阔佬来看望他们死去的亲人,一年来不了四次,他们还自己带花束,看看都是些什么花!他们说要为死者哭泣,但却不肯花钱修理坟墓;他们在死者的墓碑上写得悲痛欲绝,却从未流过一滴眼泪,还要来跟他们亲属坟墓的邻居找麻烦。你信么?先生,我不认识这位小姐,我也不知道她做过些什么事,但是我喜欢她,这个可怜的小姑娘,我关心她,我给她拿来的茶花价格公道,她是我偏爱的死人。先生,我们这些人没有办法,只能爱死人,因为我们忙得不可开交,几乎没有时间去爱别的东西了。"

我望望这个人,用不着我多作解释,一些读者就会懂得,在我听他讲这些话的时候,我的内心有多么激动。

他可能也看出来了。因为他接着又说：

"据说有些人为了这个姑娘倾家荡产，说她有一些十分迷恋她的情人，因此当我想到竟然连买一朵花给她的人也没有，不免使人感到惊奇，也使人感到悲哀。不过，她也没有什么可抱怨的，因为她总算还有一座坟墓吧，虽说只有一个人怀念她，这个人也已经替别人做了这些事。但是我们这里还有一些和她身世相同、年龄相仿的可怜的姑娘，她们被埋在公共墓地里。每当我听到她们可怜的尸体被扔进墓地的时候，我的心总像被撕碎了似地难受。只要她们一死，就谁也不管她们了。干我们这一行的人，尤其是如果我们还有一些良心的话，有时是不那么愉快的。你说该怎么办呢？我也是无能为力的啊！我有一个二十岁的美丽的大姑娘，每当有人送来一个和她一样年纪的女尸时，我就想到了她，不论送来的是一位阔小姐，还是一个流浪女，我都难免要激动起来。

"这些啰唆事你一定听厌烦了吧，再说你也不是来听这些故事的。他们要我带你到戈蒂埃小姐的坟上来，这儿就是，你还有什么事要我做吗？"

"你知不知道阿尔芒·迪瓦尔先生的住址？"我问这个园丁。

"我知道，他住在……街，你看见这些花了吧，买这些花的钱我就是到那儿去收的。"

"谢谢你，我的朋友。"

我最后望了一眼这个铺满鲜花的坟墓，不由自主地产生了一个念头，想探测一下坟墓有多深，好看看被丢在泥土里的那个漂亮的女人究竟怎么样了，然后，我心情忧郁地离开了玛格丽特的坟墓。

"先生是不是想去拜访迪瓦尔先生？"走在我旁边的园丁接着说。

"是的。"

"我肯定他还没有回来，要不他早到这儿来了。"

"那么你可以肯定他没有忘记玛格丽特吗？"

"不但可以肯定，而且我可以打赌，他想替玛格丽特迁葬就是为了想再见她一面。"

"这是怎么回事？"

"上次他到公墓来时第一句话就是'有什么办法可以再见到她呢？'这样的事除非迁葬才办得到。我把迁葬需要办的手续一一告诉了他，因为你知道，要替死人迁葬，必须先验明尸身，而这要得到死者家属的许可才能做，而且还要由警长来主持。迪瓦尔先生去找戈蒂埃小姐的姐姐就是为了征得她的同意。他一回来肯定会先到我们这儿来的。"

我们走到了公墓的门口，我又一次谢了谢园丁，给了他几个零钱，就向他告诉我的那个地址走去。

阿尔芒还没有回来。

我在他家里留了话，请他回来以后就来看我，或者通知我在什么地方可以找到他。

第二天早晨，我收到了迪瓦尔先生的一封信，他告诉我他已经回来了，请我到他家里去，还说他因为疲劳过度不能外出。

六

我去看阿尔芒的时候，他正躺在床上。

他一看见我,就向我伸出滚烫的手。

"你在发烧。"我对他说。

"没事,只是路上赶得太急,感到疲劳罢了。"

"你从玛格丽特姐姐家里回来吗?"

"是啊,谁告诉你的?"

"我已经知道了,你想办的事谈成了吗?"

"谈成了,但是,谁告诉你我出门了?谁告诉你我出门去干什么的?"

"公墓的园丁。"

"你看到那座坟墓了吗?"

我简直不敢回答,因为他讲这句话的声调说明他的心情还是非常痛苦,就像我上次看到他的时候一样。每当他自己的思想或者别人的谈话触及到这个使他伤心的话题时,他那激动的心情会有很长一段时间不能自持。

因此我只好点点头,表示我已去过。

"坟墓照管得很好吧?"阿尔芒接着说。

两大滴泪珠顺着病人的脸颊滚落下来,他转过头去避开我,我装着没有看见,试着把话岔开,换一件别的事情谈谈。

"你出门已经有三个星期了吧。"我对他说。

阿尔芒用手擦擦眼睛,回答我说:"整整三个星期。"

"你的旅程很长哪。"

"啊,我并不是一直在路上,我病了两个星期,否则我早就回来了,可是我一到那里就发起烧来,只好待在房间里。"

"你病还没有完全好就回来啦。"

"如果再在那儿多待上一个星期,没准我就要死在那儿了。"

39

"不过现在你已经回来了,那就应该好好保重身体,你的朋友们是会来看望你的。如果你同意的话,我就算是第一个来看你的朋友。"

"再过两小时,我就要起床。"

"那你太冒失啦!"

"我一定得起来。"

"你有什么急事要办?"

"我必须到警长那儿去一次。"

"为什么你不委托别人去办这件事呢?你亲自去办会加重你的病的。"

"只有办了这件事才能治好我的病,我非要见她一面不可。从我知道她死了以后,尤其是看到她的坟墓以后,我再也睡不着了。我不能想象在我们分离的时候还那么年轻、那么漂亮的姑娘竟然已经不在人世。我一定要亲眼看见才能相信。我一定要看看上帝把我这么心爱的人弄成了什么样子,也许这个使人恐惧的景象会治愈我那悲痛的思念之情。你陪我一起去,好不好?……如果你不太讨厌这类事的话。"

"她姐姐对你说了些什么?"

"什么也没有说,她听到有一个陌生人要买一块地替玛格丽特造一座坟墓,感到非常惊奇,她马上就同意了我的要求,在授权书上签了名。"

"听我的话,等你病完全好了以后再去办这件迁葬的事吧。"

"唉,请放心吧,我会好起来的。再说,如果我不趁现在有决心的时候,赶紧把这件事情办了,我可能会发疯的,办了这件事才能治愈我的痛苦。我向你发誓,只有在看一眼玛格丽特以后,我才会平静下来。这可能是发烧时的胡话,蒙眬中的幻想,狂热后的反应;至于在看到她之后,我是不是会像朗塞①先生那样成为一个苦修士,那要等到以后再说了。"

"这我懂得,"我对阿尔芒说,"愿为你效劳;你看到朱利·迪普拉没有?"

"看见了。啊!就在我上次回来的那一天看见她的。"

"她把玛格丽特留在她那儿的日记交给你了吗?"

"这就是。"

阿尔芒从枕头下面取出一卷纸,但立刻又把它放了回去。

"这些日记里写的东西我都能背下来了,"他对我说,"三个星期以来,我每天都要把这些日记念上十来遍。你以后也可以看看,但要再过几天,等我稍微平静一些,等我能够把这些日记里面写的有关爱情和内心的表白都解释给你听时,你再看吧。

"现在,我要请你办一件事。"

"什么事?"

"你有一辆车子停在下面吧?"

"是啊。"

"那么,能不能请你拿了我的护照到邮局去一次,问问有没有寄给我的留局待领的信件?我的父亲和妹妹给我的信一定都寄到巴黎来了,上次我离开巴黎的时候那么仓促,抽不出空在动身之前去打听一下。等你去邮局回来以后,我们再一起去把明天迁葬的事通知警长。"

---

① 朗塞(1626—1700),年轻时生活放荡,在他的情妇蒙巴宗夫人死后,他就笃信宗教,成了一个苦修士。

阿尔芒把护照交给我,我就到让-雅克-卢梭大街去了。

那里有两封给迪瓦尔先生的信,我拿了就回来了。

我回到他家里的时候,阿尔芒已经穿着整齐,准备出门了。

"谢谢,"他接过信对我说,"是啊,"他看了看信封上的地址又接着说,"是啊,这是我父亲和我妹妹寄给我的。他们一定弄不懂我为什么没有回信。"

他打开了信,几乎没有看,只是匆匆扫了一眼,每封信都有四页,一会儿他就把信折了起来。

"我们走吧,"他对我说,"我明天再写回信。"

我们到了警长那儿,阿尔芒把玛格丽特姐姐的委托书交给了他。

警长收下委托书,换了一张给公墓看守人的通知书交给他;约定次日上午十点迁葬。我在事前一个小时去找阿尔芒,然后一起去公墓。

我对参加这样一个场面也很感兴趣,老实说,我一夜都没睡好。

连我的脑子里都是乱糟糟的,可想而知这一夜对阿尔芒来说是多么漫长啊!

第二天早晨九点钟,我到了他的家里,他脸色苍白得吓人,但神态还算安详。

他对我笑了笑,伸过手来。

几支蜡烛都点完了,在出门之前,阿尔芒拿了一封写给他父亲的厚厚的信,他一定在信里倾诉了他夜里的感想。

半个小时以后,我们到达蒙马特公墓。

警长已经在等我们了。

大家慢慢地向玛格丽特的坟墓走去,警长走在前面,阿尔芒和我在后面几步远的地方跟着。

我觉得我同伴的胳膊在不停地抽搐,像是有一股寒流突然穿过他的全身。因此,我瞧瞧他,他也懂得了我目光的含意,对我微笑了一下。可是从他家里出来后,我们连一句话也不曾交谈过。

快要走到坟前时,阿尔芒停了下来,抹了抹脸上豆大的汗珠。

我也利用这个机会舒了一口气,因为我自己的心也好像给虎钳紧紧地钳住了似的。

在这样痛苦的场面里,难道还会有什么乐趣可言!我们来到坟前的时候,园丁已经把所有的花盆移开了,铁栅栏也搬开了,有两个人正在挖土。

阿尔芒靠在一棵树上望着。

仿佛他全部的生命都集中在他那两只眼睛里。

突然,一把鹤嘴锄触到了石头,发出了刺耳的声音。

一听到这个声音,阿尔芒像遭了电击似的往后一缩,并使劲握住我的手,握得我手也痛了。

一个掘墓人拿起一把巨大的铁铲,一点一点地清除墓穴里的积土,后来,墓穴里只剩下盖在棺材上面的石块,他就一块一块地往外扔。

我一直在观察阿尔芒,时刻担心他那明显克制着的感情会把他压垮;但是他一直在望着,两眼发直,瞪得大大的,像疯子一样,只有从他微微颤抖的脸颊和双唇上才看得出他的神经正处在极度紧张的状态之中。

至于我呢,我能说的只有一件事,那就是我很后悔到这

43

里来。

棺材全部露出来以后,警长对掘墓的工人们说:
"打开!"

这些人就照办了,仿佛这是世界上最简单的一件事。

棺材是橡木制的,他们开始旋取棺材盖上的螺钉,这些螺钉受了地下的潮气都锈住了。好不容易才把棺材打了开来,一股恶臭直冲而出,尽管棺材四周都是芳香扑鼻的花草。

"啊,天哪!天哪!"阿尔芒喃喃地说,脸色雪白。

连掘墓人也向后退了。

一块巨大的白色裹尸布裹着尸体,从外面可以看出尸体的轮廓。尸布的一端几乎完全烂掉了,露出了死者的一只脚。

我差不多要晕过去了,就在我现在写到这几行的时候,这一幕景象似乎仍在眼前。

"我们快一点吧。"警长说。

两个工人中的一个动手拆开尸布,他抓住一头把尸布掀开,一下子露出了玛格丽特的脸庞。

那模样看着实在怕人,说起来也使人不寒而栗。

一对眼睛只剩下了两个窟窿,嘴唇烂掉了,雪白的牙齿咬得紧紧的,干枯而黑乎乎的长发贴在太阳穴上,稀稀拉拉地掩盖着深深凹陷下去的青灰色的面颊。不过,我还是能从这一张脸庞上认出我以前经常见到的那张白里透红、喜气洋溢的脸蛋。

阿尔芒死死地盯着这张脸,嘴里咬着他掏出来的手帕。

我仿佛有一只铁环紧箍在头上,眼前一片模糊,耳朵里嗡嗡作响,我只能把我带在身边以防万一的一只嗅盐瓶打开,拼命地嗅着。

正在我头晕目眩的时候,听到警长在跟迪瓦尔先生说:

"认出来了吗?"

"认出来了。"年轻人轻声地回答说。

"那就把棺材盖上搬走。"警长说。

掘墓工人把裹尸布扔在死人的脸上,盖上棺盖,一人一头把棺材抬起,向指定给他们的那个方向走去。

阿尔芒木然不动,两眼凝视着这个已出空的墓穴;脸色就像刚才我们看见的死尸那样惨白……他似乎变成一块石头了。

我知道在这个场面过去,支持着他的那种痛苦缓解以后,将会发生些什么事情。

我走近警长。

"这位先生,"我指着阿尔芒对他说,"是不是还有必要留在这儿?"

"不用了,"他对我说,"而且我还劝你把他带走,他好像不太舒服。"

"走吧!"于是我挽着阿尔芒的胳膊,对他说。

"什么?"他瞧着我说,好像不认识我似的。

"事情办完了,"我接着又说,"你现在该走了,我的朋友,你脸色发白,浑身冰凉,你这样激动是会送命的。"

"你说得对,我们走吧。"他下意识地回答,但是一步也没有动。

我只好抓住他的胳膊拉着他走。

他像个孩子似的跟着走,嘴里不时地咕噜着:

"你看到那双眼睛吗?"

说着,他回过头去,好像那个幻觉在召唤他。

他步履蹒跚,跟跟跄跄地向前移动着。他的牙齿格格作响,双手冰凉,全身的神经都在剧烈地颤动。

我跟他讲话,他一句也没有回答。

他惟一能做的,就是让我领着走。

我们在门口找到了马车,正是时候。

他刚在车里坐下,便抽搐得更厉害了,这是一次真正的全身痉挛。他怕我被吓着,就紧紧地握住我的手,喃喃地说:

"没什么,没什么,我只是想哭。"

我听到他在喘粗气,他的眼睛充血,眼泪却流不出来。

我让他闻了闻我刚才用过的嗅盐瓶。我们回到他家里时,看得出他还在哆嗦。

仆人帮助我把他扶到床上躺下,我把房里的炉火生得旺旺的,又连忙去找我的医生,把刚才的经过告诉了他。

他立刻就来了。

阿尔芒脸色绯红,神志昏迷,结结巴巴地说着一些胡话,这些话里只有玛格丽特的名字才叫人听得清楚。

医生检查过病人以后,我问医生说:"怎么样?"

"是这样,算他运气,他得的是脑膜炎,不是什么别的病,上帝饶恕我,我还以为他疯了呢!幸而他肉体上的病将压倒他精神上的病。一个月以后,兴许他两种病都能治好。"

七

有些疾病干脆爽快,不是一下子送了人的命,便是过不了几天就痊愈,阿尔芒患的正是这一类病。

在我刚才叙述的事情过去半个月以后,阿尔芒已经完全康复,我们彼此已经成为好友。在他整个患病期间,我几乎没有离开过他的房间。

春天到了,繁花似锦,百鸟和鸣,我朋友房间里的窗户欢乐地打开了,窗户朝着花园,花园里清新的气息一阵阵向他袭来。

医生已经允许他起床,从中午十二点到下午两点阳光最暖和的时候,窗子是开着的,我们经常坐在窗边聊天。

我一直留意着不要扯到玛格丽特,生怕一提起这个名字会使得情绪已安定下来的病人重新想起他过去的伤心事;阿尔芒却相反,他似乎很乐意谈到她,也不再像过去那样一谈起她就眼泪汪汪的,而是带着一脸柔和的微笑,这种微笑使我对他心灵的健康感到放心。

我注意到,自从上次去公墓看到了那个使他突然发病的场面以来,他精神上的痛苦仿佛已被疾病替代了,对于玛格丽特的死,他的想法和过去不一样了。他对玛格丽特的死已经确信无疑,心中反而感到轻松,为了驱走经常出现在他眼前的阴暗的形象,他一直在追忆跟玛格丽特交往时最幸福的时刻,似乎他也只愿意回忆这些事情。

阿尔芒大病初愈,高烧乍退,身体还极度虚弱,在精神上不能让他过于激动。春天大自然欣欣向荣的景象围绕着阿尔芒,使他情不自禁地回忆起过去那些欢乐的景象。

他一直固执地不肯把病危的情况告诉家里,一直到他脱离险境以后,他父亲还蒙在鼓里。

一天傍晚,我们坐在窗前,比平时坐得晚了一些,那天天气非常好,太阳在闪耀着蔚蓝和金黄两色的薄暮中入睡了。虽说我们身在巴黎,但四周的一片翠绿色仿佛把我们与世界隔绝了,除了偶尔传来的街车辚辚声,没有其他声音来打扰我们的谈话。

"差不多就像这么个季节,这么个傍晚,我认识了玛格丽特。"阿尔芒对我说。他陷入了遐想,我对他说话他是听不见的。

我什么也没有回答。

于是,他转过头来对我说:

"我总得把这个故事讲给你听;你可以把它写成一本书,别人未必相信,但这本书写起来也许会很有趣的。"

"过几天你再给我讲吧,我的朋友。"我对他说,"你身体还没有完全复原呢。"

"今天晚上很暖和,鸡脯子我也吃过了①,"他微笑着对我说,"我不发烧了,我们也没有什么事要干,我把这个故事原原本本地讲给你听吧。"

"既然你一定要讲,那我就洗耳恭听。"

"这是一个十分简单的故事,"于是他接着说,"我按事情发生的先后顺序给你讲,如果你以后要用这个故事写点什么东西,随你怎么写都可以。"

下面就是他跟我讲话的内容,这个故事非常生动,我几乎没有作什么改动。

是啊,——阿尔芒把头靠在椅背上,接着说道,——是啊,就是在这样的一个傍晚! 我跟我的朋友 R.加斯东在乡下玩了一天,傍晚我们回到巴黎,因为闲得无聊,我们就去瓦丽爱

---

① 法国习惯病后调养,以鸡脯子滋补,与我国习惯相似。

丹歌剧院看戏。

在一次幕间休息时,我们到走廊里休息,看见一个身材颀长的女人走过,我朋友向她打了个招呼。

"你在跟谁打招呼?"我问他。

"玛格丽特·戈蒂埃。"他对我说。

"她的模样变得好厉害,我几乎认不出她来了。"我激动地说。我为什么激动,等会儿你就明白了。

"她生过一场病,看来这个可怜的姑娘是活不长了。"

这些话,我记忆犹新,就像我昨天听到的一样。

你要知道,我的朋友,两年以来,每当我遇见这个姑娘的时候,就会产生一种说不出来的感觉。

我会莫名其妙地脸色泛白,心头狂跳。我有一个朋友是研究秘术的,他把我这种感觉称为"流体的亲力";而我却很简单地相信我命中注定要爱上玛格丽特,我预先感到了这点。

她经常给我留下深刻的印象,我的几位朋友是亲眼目睹的,当他们知道我这种印象是从谁那儿来的时候,总是大笑不止。

我第一次是在交易所广场絮斯商店的门口遇到她的。一辆敞篷四轮马车停在那儿,一个穿着一身白色衣服的女人从车上下来。她走进商店的时候引起了一阵低低的赞叹声。而我却像被钉在地上似的,从她进去一直到她出来,一动都没有动。我隔着橱窗望着她在店铺里选购东西。我原来也可以进去,但是我不敢。我不知道这个女人是什么人,我怕她猜出我走进店铺的用意而生气。然而那时候,我也没有想到以后还会见到她。

她服饰雅致,穿着一条镶满花边的细纱长裙,肩上披一块印度方巾,四角全是金镶边和丝绣的花朵,戴着一顶意大利草帽,还戴着一只手镯,那是当时刚刚时行的一种粗金链子。

她又登上她的敞篷马车走了。

店铺里一个小伙计站在门口,目送这位穿着高雅的漂亮女顾客的马车远去。我走到他身边,请他把这个女人的名字告诉我。

"她是玛格丽特·戈蒂埃小姐。"他回答我说。

我不敢问她的地址就离开了。

我以前有过很多幻觉,过后也都忘了;但是这一次是真人真事,因此这个印象就一直留在我的脑海里,于是我到处去寻找这个穿白衣服的绝代佳人。

几天以后,喜剧歌剧院有一次盛大的演出,我去了。我在台前旁侧的包厢里看到的第一个人就是玛格丽特·戈蒂埃。

我那位年轻的同伴也认识她,因为他叫着她的名字对我说:

"你看!这个漂亮的姑娘!"

正在这时,玛格丽特拿起望远镜朝着我们这边望。她看到了我的朋友,便对他莞尔一笑,做手势要他过去看她。

"我去跟她问个好,"他对我说,"一会儿我就回来。"

我情不自禁地说:"你真幸福!"

"幸福什么?"

"因为你能去拜访这个女人。"

"你是不是爱上她了?"

"不。"我涨红了脸说。因为这一下我真有点儿不知所措了,"但是我很想认识她。"

"跟我来,我替你介绍。"

"先去征得她同意吧。"

"啊！真是的，跟她是不用拘束的，来吧。"

他这句话使我心里很难过，我害怕由此而证实玛格丽特不值得我对她的感情。

阿尔封斯·卡尔①在一本名为《烟雾》的小说里说：一天晚上，有一个男人尾随着一个非常俊俏的女人，她体态优美，容貌艳丽，使他一见倾心。为了吻吻这个女人的手，他觉得就有了从事一切的力量，战胜一切的意志和克服一切的勇气。这个女人怕她的衣服沾上了泥，撩了一下裙子，露出了一段迷人的小腿，他都几乎不敢望一望。正当他梦想着怎样才能得到这个女人的时候，她却在一个街角留住了他，问他是不是愿意上楼到她家里去。他回头就走，穿过大街，垂头丧气地回到了家里。

我记起了这段描述。本来我很想为这个女人受苦，我担心她过快地接受我，怕她过于匆忙地爱上我；我宁愿经过长期等待，历尽艰辛以后才得到这种爱情。我们这些男人就是这种脾气；如果能使我们头脑里的想象赋有一点诗意，灵魂里的幻想高于肉欲，那就会感到无比的幸福。

总之，如果有人对我说："今天晚上你可以得到这个女人，但是明天你就会被人杀死。"我会接受的。如果有人对我说："花上十个路易②，你就可以做她的情人。"我会拒绝的，而且会痛哭一场，就像一个孩子在醒来时发现夜里梦见的宫殿城堡化为乌有一样。

---

① 阿尔封斯·卡尔(1808—1890)，法国新闻记者兼作家。
② 法国从前用的金币，值二十法郎。

可是,我想认识她;这是要知道她是怎样的一个人的方法,而且还是惟一的方法。

于是我对朋友说,我一定要他先征得玛格丽特的同意以后,再把我介绍给她。我独自在走廊里踱来踱去,脑子里在想着,她就要看到我了,而我还不知道在她的注视之下应该采取什么态度。

我尽量把我要对她说的话事先考虑好。

爱情是多么纯洁,多么天真无邪啊!

过不多久,我的朋友下来了。

"她等着我们。"他对我说。

"她只有一个人吗?"我问道。

"有一个女伴。"

"没有男人吗?"

"没有。"

"我们去吧。"

我的朋友朝剧场的大门走去。

"喂,不是从那儿走的呀。"我对他说。

"我们去买些蜜饯,是玛格丽特刚才向我要的。"

我们走进了开设在剧场过道上的一个糖果铺。

我真想把整个铺子都买下来。正在我观看可以买些什么东西装进袋子的时候,我的朋友开口了:

"糖渍葡萄一斤。"

"你知道她爱吃这个吗?"

"她从来不吃别的糖果,这是出了名的。"

"啊!"当我们走出店铺时他接着说,"你知道我要把你介绍给一个什么样的女人?你别以为是把你介绍给一位公爵夫人,她不过是一个妓女罢了,一个地地道道的妓女。亲爱的,你不必拘束,想到什么就说什么好啦。"

"好吧,好吧。"我嘟嘟囔囔地说。我跟在朋友的后面走着,心里却在想,我的热情看来要凉下去了。

当我走进包厢的时候,玛格丽特放声大笑。

我倒是愿意看到她愁眉苦脸。

我的朋友把我介绍给她,玛格丽特对我微微点了点头,接着就说:

"那么我的蜜饯呢?"

"在这儿。"

在拿蜜饯的时候,她对我望了望,我垂下眼睛,脸涨得绯红。

她俯身在她邻座那个女人的耳边轻轻地说了几句话,随后两个人都放声大笑起来。

不用说是我成了她们的笑柄;我发窘的模样更加让她们笑个不停。那时我本来就有一个情妇,她是一个小家碧玉,温柔而多情。她那多情的性格和她伤感的情书经常使我发笑。由于我这时的感受,我终于懂得了我从前对她的态度一定使她非常痛苦,因此有五分钟之久我爱她就像一个从未爱过一个女人的人一样。

玛格丽特吃着糖渍葡萄不再理我了。

我的介绍人不愿意让我陷于这种尴尬可笑的境地。

"玛格丽特,"他说,"如果迪瓦尔先生没有跟你讲话,你也不必感到奇怪。你把他弄得不知所措,他连该说什么话也不知道了。"

"我看你是因为一个人来觉得无聊才请这位先生陪

来的。"

"如果真是这样的话,"我开口说话了,"那么我就不会请欧内斯特来,要求你同意把我介绍给你了。"

"这很可能是一种拖延这个倒霉时刻的办法。"

谁要是曾经跟玛格丽特那样的姑娘稍许有过一点往来,谁就会知道她们喜欢装疯卖傻,喜欢跟她们初次见面的人恶作剧。她们不得不忍受那些每天跟她们见面的人的侮辱,这无疑是对那些侮辱的一种报复。

因此要对付她们,也要用她们圈内人的某种习惯,而这种习惯我是没有的;再说,我对玛格丽特原有的看法,使我对她的玩笑看得过于认真了,对这个女人的任何方面,我都不能无动于衷。因此我站了起来,带着一种难于掩饰的沮丧声调对她说:

"如果你认为我是这样一个人的话,夫人,那么我只能请你原谅我的冒失,我不得不向你告辞,并向你保证我以后不会再这样鲁莽了。"

说完,我行了一个礼就出来了。

我刚一关上包厢的门,就听到了第三次哄笑声。这时候我真希望有人来撞我一下。

我回到了我的座位上。

这时候开幕锤敲响了。

欧内斯特回到了我的身边。

"你是怎么搞的!"他一面坐下来一面对我说,"她们以为你疯了。"

"我走了以后,玛格丽特说什么来着?"

"她笑了,她对我说,她从来也没有看见过像你那样滑稽的人;但是你决不要以为你失败了,对这些姑娘你不必那么认真。她们不懂得什么是风度,什么是礼貌;这就像替狗洒香水一样,它们总觉得味道难闻,要跑到水沟里去打滚洗掉。"

"总之,这跟我有什么相干?"我故意像毫不介意似地说,"我再也不要见到这个女人了,如果说在我认识她以前我对她有好感;现在认识她以后,情况却大不相同了。"

"算了吧! 总有一天我会看见你坐在她的包厢里,也会听到你为她倾家荡产的消息。不过,你讲得也对,她没有教养,但她是一个值得到手的漂亮的情妇哪!"

幸好启幕了,我的朋友没有再讲下去。要告诉你那天舞台上演了些什么是不可能的。我所能想得起来的,就是我不时地抬起眼睛望着我刚才匆匆离开的包厢,那里新的来访者川流不息。

但是,我根本就忘不了玛格丽特,另外一种想法在我脑子里翻腾。我觉得我不应该念念不忘她对我的侮辱和我自己的笨拙可笑。我暗自说道,就是倾家荡产,我也要得到这个姑娘,占有那个我刚才一下子就放弃了的位置。

戏还没有结束,玛格丽特和她的朋友就离开了包厢。

我身不由己地也离开了我的座位。

"你这就走吗?"欧内斯特问我。

"是的。"

"为什么?"

这时候,他发现那个包厢空了。

"走吧,走吧,"他说,"祝你好运气,祝你万事顺利。"

我走出了场子。

我听到楼梯上有窸窣的衣裙声和谈话声。我闪在一旁不让人看到,只见两个青年陪着这两个女人走过。在剧场的圆柱走廊里有一个小厮向她们迎上前来。

"去跟车夫讲,要他到英国咖啡馆门口等我,"玛格丽特说,"我们步行到那里去。"

几分钟以后,我在林阴大道上踯躅的时候,看到在那个咖啡馆的一间大房间的窗口,玛格丽特正靠着窗栏,一瓣一瓣地摘下她那束茶花的花瓣。

两个青年中有一个俯首在她肩后跟她窃窃私语。

我走进了附近的一家金屋咖啡馆,坐在二楼的楼厅里,目不转睛地盯着那个窗口。

深夜一点钟,玛格丽特跟她三个朋友一起登上了马车。

我也跳上一辆轻便马车尾随着她。

她的车子走到昂坦街九号门前停了下来。

玛格丽特从车上下来,一个人回到家里。

她一个人回家可能是偶然的,但是这个偶然使我觉得非常幸福。

从此以后,我经常在剧院里,在香榭丽舍大街遇见玛格丽特,她一直是那样快活;而我始终是那样激动。

然而,一连有两个星期我在哪儿都没有遇到她。在碰见加斯东的时候,我就向他打听她的消息。

"可怜的姑娘病得很重。"他回答我说。

"她生的什么病?"

"她生的是肺病,再说,她过的那种生活对治好她的病是毫无好处的,她正躺在床上等死呢。"

真是人心难测,我听到她的病情倒有点儿高兴。

我每天去打听她的病况,不过我既不让人家记下我的名字,也没有留下我的名片。我就是通过这种方法知道了她病愈的消息,后来又到巴涅尔去了。

随着时光的流逝,如果不能说是我逐渐地忘了她,那就是她给我的印象慢慢地淡薄了。我外出旅游,和亲友往来,生活琐事和日常工作冲淡了我对她的思念。即使我回忆起那次邂逅,也不过把它当做是一时的感情冲动。这种事在年幼无知的青年中是常有的,一般都事过境迁,一笑了之。

再说,我能够忘却前情也没有什么了不起的,因为自从玛格丽特离开巴黎之后,我就见不到她了。因此,就像我刚才跟你说的那样,当她在瓦丽爱丹歌剧院的走廊里,从我身边走过的时候,我已经认不出她了。

固然那时她戴着面纱,但换了在两年以前,尽管她戴着面纱,我都能一眼认出她来,就是猜也把她猜出来了。

尽管如此,当我知道她就是玛格丽特的时候,心里还是怦怦乱跳,两年不见她面所产生的生疏淡漠的感情,一看到她的衣衫,刹那间就烟消云散了。

八

可是,——阿尔芒歇了一会儿又接着说,——一方面我明白我仍然爱着玛格丽特,一方面又觉得我比以前要坚强些了,我希望再次跟玛格丽特见面,还想让她看看我现在比她优越得多。

为了要实现心中的愿望该想出多少办法,编出多少理由啊!

因此,我在走廊里再也待不下去了,我回到正厅就座,一面飞快地朝大厅里扫了一眼,想看看她坐在哪个包厢里。

她独自一人坐在底层台前包厢里。我刚才已经跟你说过,她变了,嘴上已不再带有那种满不在乎的微笑。她生过一场病,而且病还没有完全好。

尽管已经是四月份的天气了,她穿得还是像在冬天里一样,全身衣裳都是天鹅绒的。

我目不转睛地瞅着她,终于把她的眼光给吸引过来了。

她把我端详了一会儿,又拿起望远镜想仔细瞧瞧我,她肯定觉得我面熟,但一下子又想不起我是谁。因为当她放下望远镜的时候,嘴角上浮现出一丝微笑,这是女人用来致意的一种非常妩媚的笑容,显然她在准备回答我即将向她表示的敬意。但是我对她的致意一点反应也没有,似乎故意要显得比她高贵,我装出一副她记起了我,我倒已经把她忘掉了的神气。

她以为认错了人,把头掉了过去。

启幕了。

在演戏的时候,我向玛格丽特看了好几次,可是我从未见到她认认真真地看过戏。

就我来说,对演出同样也是心不在焉的,我光关心着她,但又尽量不让她觉察到。

我看到她在和她对面包厢里的人交换眼色,便向那个包厢望去,我认出了坐在里面的是一个跟我相当熟悉的女人。

这个女人过去也做过妓女,曾经打算进戏班子,但是没有成功。后来靠了她和巴黎那些时髦女子的关系,做起生意来了,开了一家妇女时装铺子。

我从她身上找到了一个跟玛格丽特会面的办法,趁她往我这边瞧的时候,我用手势和眼色向她问了好。

果然不出我所料,她招呼我到她包厢里去。

那位妇女时装铺老板娘的芳名叫普律当丝·迪韦尔努瓦,是一个四十来岁的胖女人,要从她们这样的人那里打听些什么事是用不到多费周折的,何况我要向她打听的事又是那么平常。

我趁她又要跟玛格丽特打招呼的时候问她说:

"你是在看谁啊?"

"玛格丽特·戈蒂埃。"

"你认识她吗?"

"认识,她是我铺子里的主顾,而且也是我的邻居。"

"那么你也住在昂坦街?"

"七号,她梳妆间的窗户和我梳妆间的窗正好对着。"

"据说她是一个很迷人的姑娘。"

"你不认识她吗?"

"不认识,但是我很想认识她。"

"你要我叫她到我们的包厢里来吗?"

"不要,最好还是你把我介绍给她。"

"到她家里去吗?"

"是的。"

"这不太好办。"

"为什么?"

"因为有一个嫉妒心很重的老公爵监护着她。"

"监护,那真太妙了!"

"是啊,她是受到监护的,"普律当丝接着说,"可怜的老头儿,做她的情人真够麻烦的呢。"

于是普律当丝对我讲了玛格丽特在巴涅尔认识公爵的经过。

"就是因为这个缘故，"我继续说，"她才一个人上这儿来的吗？"

"完全正确。"

"但是谁来陪她回去呢？"

"就是他。"

"那么他是要来陪她回去的罗，是吗？"

"过一会儿他就会来的。"

"那么你呢，谁来陪你回去呢？"

"没有人。"

"我来陪你回去吧！"

"可是我想你还有一位朋友吧。"

"那么我们一起陪你回去好啦。"

"你那位朋友是个什么样的人？"

"一个非常漂亮和聪明的小伙子，他认识你一定会感到很高兴。"

"那么，就这样吧，等这幕戏完了以后我们三人①一起走，最后一幕我已经看过了。"

"好吧，我去通知我的朋友。"

"你去吧。"

"喂！"我正要出去的时候，普律当丝对我说，"你看，走进玛格丽特包厢的就是那位公爵。"

我朝那边望去。

---

① 原文为四人，似误，现改为三人。

果然,一个七十来岁的老头儿刚刚在这个年轻女人的身后坐下来,还递给她一袋蜜饯,她赶紧笑眯眯地从纸袋里掏出蜜饯,然后又把那袋蜜饯递送到包厢前面,向普律当丝扬了扬,意思是说:

"你要来一点吗?"

"不要。"普律当丝说。

玛格丽特拿起那袋蜜饯,转过身去,开始和公爵聊天。

把这些琐事都讲出来似乎有些孩子气,但是与这个姑娘有关的一切事情我都记得清清楚楚,因此,今天我还是禁不住一一地想起来了。

我下楼告诉加斯东我刚才为我们两人所作的安排。

他同意了。

我们离开座位想到楼上迪韦尔努瓦夫人的包厢里去。

刚一打开正厅的门,我们就不得不站住,让玛格丽特和公爵出去。

我真情愿少活十年来换得这个老头儿的位置。

到了街上,公爵扶玛格丽特坐上一辆四轮敞篷马车,自己驾着那辆车子,两匹骏马拉着他们嘚嘚地远去了。

我们走进了普律当丝的包厢。

这一出戏结束后,我们下楼走出剧院,雇了一辆普通的出租马车,把我们送到了昂坦街七号。到了普律当丝家门口,她邀请我们上楼到她家里去参观她引以为豪的那些商品,让我们开开眼界。可想而知我是多么心急地接受了她的邀请。

我仿佛觉得自己正在一步步地向玛格丽特靠拢,不多会儿,我就把话题转到玛格丽特身上。

"那个老公爵现在在你女邻居家里吗?"我对普律当

丝说。

"不在,她肯定一个人在家。"

"那她一定会感到非常寂寞的。"加斯东说。

"我们每天晚上几乎都是在一起消磨时间的,不然就是她从外面回来以后再叫我过去。她在夜里两点以前是从不睡觉的,早了她睡不着。"

"为什么?"

"因为她有肺病,她差不多一直在发烧。"

"她没有情人吗?"我问。

"每次我去她家的时候,从未看见她家里有人,但是我不能担保我走了以后就没有人去。晚上我在她家里经常遇到一位 N 伯爵,这位伯爵自以为只要经常在晚上十一时去拜访她,再给她带去一些首饰,她要多少就给她多少,这样就能渐渐地得到她的好感。但是她看见他就讨厌。她错了,他是一个阔少爷。我经常对她说:'亲爱的孩子,他是你需要的人!'但是毫无用处。她平时很听我的话,但一听到我讲这句话时就转过脸去,回答我说这个人太蠢了。说他蠢,我也承认,但是对她来说,总算是有了一个着落吧,那个老公爵说不定哪一天就要归天的。老公爵什么也不会留给玛格丽特的,这有两个原因:这些老头子个个都是自私的,再加他家里人一直反对他对玛格丽特的钟爱。我和她讲道理,想说服她,她总是回答我说,等公爵死了,再跟伯爵好也来得及。"

普律当丝继续说:"像她这样的生活并不总是很有趣的,这我是很清楚的。这种生活我就受不了,我会很快把这个老家伙撵跑的。这个老头儿简直叫人腻烦死了;他把玛格丽特称作他的女儿,把她当成孩子似的照顾她,他一直在监视她,我可以肯定眼下就有他的一个仆人在街上走来走去,看看有谁从她屋里出来,尤其是看看有谁走进她的家里。"

"啊,可怜的玛格丽特!"加斯东说,一面在钢琴前坐下,弹了一首圆舞曲,"这些事我不知道,不过最近我发现她不如以前那么快乐了。"

"嘘,别做声!"普律当丝侧着耳朵听着。

加斯东停下不弹了。

"好像她在叫我。"

我们一起侧耳静听。

果然,有一个声音在呼唤普律当丝。

"那么,先生们,你们走吧。"迪韦尔努瓦夫人对我们说。

"啊!你是这样款待客人的吗?"加斯东笑着说,"我们要到想走的时候才走呢。"

"为什么我们要走?"

"我要到玛格丽特家里去。"

"我们在这儿等吧。"

"那不行。"

"那我们跟你一起去。"

"那更不行。"

"我认识玛格丽特,"加斯东说,"我当然可以去拜访她。"

"但是阿尔芒不认识她呀!"

"我替他介绍。"

"那怎么行呢?"

我们又听到玛格丽特的叫声,她一直在叫普律当丝。

普律当丝跑进她的梳妆间,我和加斯东也跟了进去,她打开了窗户。

我们两人躲了起来,不让外面看见。

"我叫了你有十分钟了。"玛格丽特在窗口说,口气几乎有些生硬。

"你叫我干吗?"

"我要你马上就来。"

"为什么?"

"因为N伯爵还赖在这儿,我简直被他烦死了。"

"我现在走不开。"

"有谁拦着你啦?"

"我家里有两个年轻人,他们不肯走。"

"对他们讲你非出去不可。"

"我已经跟他们讲过了。"

"那么,就让他们留在你家里好啦;他们看见你出去以后,就会走的。"

"他们会把我家里搞翻天的!"

"那么他们想干什么?"

"他们想来看你。"

"他们叫什么名字?"

"有一位是你认识的,他叫R.加斯东先生。"

"啊!是的,我认识他;另一位呢?"

"阿尔芒·迪瓦尔先生。你不认识他吗?"

"不认识;不过你带他们一起来吧,他们总比伯爵好些。我等着你,快来吧。"

玛格丽特又关上窗户,普律当丝也把窗户闭上了。

玛格丽特刚才曾一度记起了我的面貌,但却记不起我的名字。我倒宁愿她还记得我,哪怕对我印象不好也没有关系,

64

但不愿意她就这样把我忘了。

加斯东说:"我早知道她看到我们会高兴的。"

"高兴?恐怕未必。"普律当丝一面披上披肩,戴上帽子,一面回答说,"她接待你们两位是为了赶走伯爵,你们要尽量比伯爵知趣一些,否则的话,我是知道玛格丽特这个人的,她会跟我闹别扭的。"

我们跟着普律当丝一起下了楼。

我浑身哆嗦,仿佛预感到这次拜访会在我的一生中产生巨大的影响。

我很激动,比那次在喜剧歌剧院包厢里被介绍给她的时候还要激动。

当走到你已认得的那座房子门前时,我的心怦怦直跳,脑子里已经糊里糊涂了。

我们听到传来几下钢琴和音的声音。

普律当丝伸手去拉门铃。

琴声顿然停了下来。

一个女人出来开门,这个女人看上去与其说像一个女佣人,倒不如说更像一个雇来的女伴。

我们穿过大客厅,来到小客厅,就是你以后看到的那间小客厅。

一个年轻人靠着壁炉站在那里。

玛格丽特坐在钢琴前面,懒洋洋地在琴键上一遍又一遍地弹着她那弹不下去的曲子。

房间里的气氛很沉闷,男的是因为自己无能而局促不安,女的是因为这个讨厌的家伙的来访而心情烦躁。

一听到普律当丝的声音,玛格丽特站起身来,向她投去一

个表示感谢的眼色,她向我们迎上前来,对我们说:

"请进,先生们,欢迎光临。"

九

"晚上好,亲爱的加斯东,"玛格丽特对我的同伴说,"看到你很高兴,在瓦丽爱丹剧院,你为什么不到我包厢里来?"

"我怕有点冒昧。"

"作为朋友来说,永远也谈不上冒昧。"玛格丽特着重地说了朋友这两个字,仿佛她要使在场的人了解,尽管她接待加斯东的样子很亲热,但加斯东不论过去和现在都只不过是一个朋友而已。

"那么,你允许我向你介绍阿尔芒·迪瓦尔先生吗?"

"我已经答应普律当丝给我介绍了。"

"不过,夫人,"我欠了欠身子,好容易讲了一句勉强听得清的话,"我有幸早已被人介绍给你了。"

从玛格丽特迷人的眼睛里似乎看出她在回忆,但是她一点儿也想不起来,或者是,看起来似乎她想不起来。

"夫人,"接着我又说,"我很感激你已经忘记了第一次的介绍,因为那时我很可笑,一定惹你生气了。那是两年前,在喜剧歌剧院,跟我在一起的是欧内斯特·德……"

"唷!我记起来了!"玛格丽特微笑着说,"那时候不是你可笑,而是我爱捉弄人,就像现在一样,不过我现在比过去好些了。你已经原谅我了吧,先生?"

她把手递给我,我吻了一下。

"真是这样,"她又说,"你想象得到我的脾气有多坏,我老是喜欢捉弄初次见面的人,使他们难堪,这样做其实是很傻的。我的医生对我说,这是因为我有些神经质,并且总是觉得不舒服的缘故,请相信我医生的话吧。"

"但是现在看来你的身体很健康。"

"啊!我生过一场大病。"

"这我知道。"

"是谁对你说的?"

"你生病大家都知道,我经常来打听你的病情,后来我很高兴地知道你病好了。"

"我从来没有收到过你的名片。"

"我从来不留名片。"

"据说在我生病的时候,有一个青年每天都来打听我的病情,但一直不愿留下姓名,这个年轻人难道就是你吗?"

"就是我。"

"那么,你不仅宽宏大量,而且心肠挺好。"她向我望了一眼。女人们在给一个男人作评价感到用语言不足以表达时,常用这种眼光来补充。随后她转身向 N 伯爵说:"伯爵,换了你就不会这样做了吧。"

"我认识你才不过两个月呀。"伯爵辩解说。

"而这位先生认识我还只不过五分钟呢,你尽讲些蠢话。"

女人们对她们不喜欢的人是冷酷无情的。

伯爵满脸通红,咬着嘴唇。

我有些可怜他,看来他似乎像我一样爱上了她,而玛格丽特毫不掩饰的生硬态度一定使他很难堪,尤其是在两个陌生人前面。

"我们进来的时候,你正在弹琴,"我想把话扯开去,就说道,"是不是把我当老朋友看待,请你继续弹下去。"

"啊!"她一面对我们做手势要我们坐下,一面倒在长沙发上说,"加斯东知道我弹些什么。如果我只是跟伯爵在一起弹弹倒还凑合,但是我可不愿意让你们两位遭这份罪。"

"你这是对我的偏爱吧?"N伯爵聊以解嘲地微笑着说。

"这你不要非难我,我只有这一点偏爱。"

这个可怜的青年注定只能一言不发了,他简直像哀求似地向那个姑娘望了一眼。

"那么,普律当丝,"她接着说,"我托你的事办好了吗?"

"办好了。"

"那好,过一会儿告诉我好了。我们有些事要谈谈,在我没有跟你谈之前,你先别走呀。"

"我们也许来得不是时候,"于是我说,"现在我们,还不如说是我,已经得到了第二次介绍,这样就可以把第一次介绍忘掉。我们,加斯东和我,少陪了。"

"根本不是这么回事;这话不是说给你们听的,恰恰相反,我倒希望你们留下来。"

伯爵掏出了一块非常精致的表,看了看时间:

"是我去俱乐部的时间了。"他说。

玛格丽特一声也不吭。

于是伯爵离开了壁炉,走到她面前:

"再见,夫人。"

玛格丽特站了起来。

"再见,亲爱的伯爵,你这就走吗?"

"是的,恐怕我使你感到讨厌了。"

"今天你也并不比往常更使我讨厌。什么时候再能见到你啊?"

"等你愿意的时候。"

"那么,再见!"

你得承认,她这一招可真厉害!

幸好伯爵受过良好的教育,又很有涵养。他只是握着玛格丽特漫不经心地向他伸过去的手吻了吻,向我们行了个礼就走了。

在他正要踏出房门的时候,他望了望普律当丝。

普律当丝耸了耸肩膀,那副神气似乎在说:

"你要我怎么办呢,我能做的事我都做了。"

"拿尼纳!"玛格丽特大声嚷道,"替伯爵照个亮。"

我们听到开门和关门的声音。

"总算走了!"玛格丽特嚷着转身回来说,"这个年轻人使我浑身难受。"

"亲爱的孩子,"普律当丝说,"你对他真是太狠心了,他对你有多好,有多体贴。你看壁炉上还有他送给你的一块表,我可以肯定这块表至少花了他三千个法郎。"

迪韦尔努瓦夫人走近壁炉,拿起她刚讲到的那件首饰玩弄着,并用贪婪的眼光盯着它。

"亲爱的,"玛格丽特坐到钢琴前说,"我把他送给我的东西放在天平的这一边,把他对我说的话放在另一边,这样一称,我觉得接受他来访的代价还是太便宜了。"

"这个可怜的青年爱你。"

"如果一定要我听所有爱我的人说话,我也许连吃饭的工夫也没有了。"

69

接着她随手弹了一会儿,然后转身对我们说:

"你们想吃点什么吗?我呢,我很想喝一点儿潘趣酒①。"

"而我,我很想来一点儿鸡,"普律当丝说,"我们吃夜宵好不好?"

"好啊,我们出去吃夜宵。"加斯东说。

"不,我们就在这里吃。"

她拉了铃,拿尼纳进来了。

"吩咐准备夜宵!"

"吃些什么呢?"

"随你的便,但是要快,马上就要。"

拿尼纳出去了。

"好啦,"玛格丽特像一个孩子似的跳着,"我们要吃夜宵啦。那个笨蛋伯爵真讨厌!"

这个女人我越看越入迷。她美得令人心醉。甚至连她的瘦削也成了一种风韵。

我陷入了遐想。

我究竟怎么啦,连我自己也说不清楚,我对她的生活满怀同情,对她的美貌赞赏不已。她不愿接受一个漂亮、富有、准备为她倾家荡产的年轻人,这种冷漠的神态使我原谅了她过去所有的错误。

在这个女人身上,有某种单纯的东西。

可以看出她虽然过着放荡的生活,但内心还是纯洁的。她举止稳重,体态婀娜,玫瑰色的鼻翅微微张翕着,大大的眼睛四周有一圈淡蓝色,表明她是一种天性热情的人,在这样的

---

① 一种用烧酒或果子酒掺上糖、红茶、柠檬等的英国式饮料。

人周围,总是散发着一股逗人情欲的香味;就像一些东方的香水瓶一样,不管盖子盖得多严,里面香水的味儿仍然不免要泄漏出来。

不管是由于她的气质,还是由于她疾病的症状,在这个女人的眼里不时闪烁着一种希冀的光芒,这种现象对她曾经爱过的人来说,也许等于是一种天启。但是那些爱过玛格丽特的人是不计其数的,而被她爱过的人则还不够数呢。

总之,这个姑娘似乎是一个失足成为妓女的童贞女,又仿佛是一个很容易成为最多情、最纯洁的贞节女子的妓女。在玛格丽特身上还存在着一些傲气和独立性:这两种感情在受了挫伤以后,可能起着与廉耻心同样的作用。我一句话也没有讲,我的灵魂似乎钻进到了我的心坎里,而我的心灵又仿佛钻进到了我的眼睛里。

"这么说,"她突然又继续说,"在我生病的时候,经常来打听我病况的就是你啦?"

"是的。"

"你知道这可太美啦,我怎么才能感谢你呢?"

"允许我经常来看你就行。"

"你爱什么时候来就什么时候来,下午五点到六点,半夜十一点到十二点都可以。好吧,加斯东,请为我弹一首《邀舞曲》。"

"为什么?"

"一来是为了使我高兴,二来是因为我一个人总是弹不了这首曲子。"

"你在哪一段上遇到困难啦?"

"第三段,有高半音的一节。"

加斯东站起身，坐到钢琴前面，开始弹奏这首韦伯[①]的名曲，乐谱摊在谱架上。

玛格丽特一手扶着钢琴，眼睛随着琴谱上每一个音符移动，嘴里低声吟唱着。当加斯东弹到她讲过的那一节的时候，她一面在钢琴背上用手指敲打着，一面低声唱道：

"ré、mí、ré、do、ré、fa、mi、ré，这就是我弹不下去的地方，请再弹一遍。"

加斯东又重新弹了一遍，弹完以后，玛格丽特对他说：

"现在让我来试试。"

她坐到位子上弹奏起来，但是当她那不听使唤的手指弹到那几个音符时又有一个音符弹错了。

"真使人难以相信，"她用一种近乎孩子气的腔调说道，"这一段我就是弹不好！你们信不信，有几次我就是这样一直弹到深夜两点多钟！每当我想到这个蠢伯爵竟然能不用乐谱就弹得那么好我就恨透了他，我想我就是为了这一点才恨他的。"

她又开始弹奏了，但仍旧弹不好。

"让韦伯的乐谱和钢琴全都见鬼去吧！"她一面说，一面把乐谱扔到了房间的另一头，"为什么我就不会接弹八个高半音呢？"

她交叉双臂望着我们，一面顿着脚。

她脸涨得通红，一阵轻微的咳嗽使她微微地张开了嘴。

"你看，你看，"普律当丝说，她已经脱下帽子，在镜子前面梳理两鬓的头发，"你又在生气了，这又要使你不舒服了，

[①] 韦伯(1786—1826)，德国作曲家。

我们最好还是去吃夜宵吧,我快饿死了。"

玛格丽特又拉了拉铃,然后她又坐到钢琴前弹奏,嘴里曼声低吟着一只轻佻的歌曲。在弹唱这首歌曲的时候,她一点也没有出错。

加斯东也会唱这首歌,他们就来了个二重唱。

"别唱这些下流歌曲了。"我带着一种恳求的语气亲切地对玛格丽特说。

"啊,你有多正经啊!"她微笑着对我说,一面把手伸给我。

"这不是为了我,而是为了你呀。"

玛格丽特做了一个姿势,意思是说:呵,我早就跟贞洁绝缘了。

这时拿尼纳进来了。

"夜宵准备好了吗?"玛格丽特问道。

"太太,一会儿就好了。"

"还有,"普律当丝对我说,"你还没有参观过这房间呢,来,我领你去看看。"

你已经知道了,客厅布置得很出色。

玛格丽特陪了我们一会儿,随后她叫加斯东跟她一起到餐室里去看看夜宵准备好了没有。

"看,"普律当丝高声说,她望着一只多层架子,从上面拿下了一个萨克森小塑像,"我还不知道你有这么一个小玩意儿呢。"

"哪一个?"

"一个手里拿着一只鸟笼的小牧童,笼里还有一只鸟。"

"如果你喜欢,你就拿去吧。"

"啊！可是我怕夺了你的好东西了。"

"我觉得这个塑像很难看,我本来想把它送给我的女佣人;既然你喜欢,你就拿去吧。"

普律当丝只看重礼物本身,并不讲究送礼的方式。她把塑像放在一边,把我领到梳妆间,指着挂在那里的两张肖像细密画对我说:"这就是 G 伯爵,他以前非常爱玛格丽特,是他把她捧出来的。你认识他吗？"

"不认识。那么这一位呢？"我指着另一幅肖像问道。

"这是小 L 子爵,他不得不离开了她。"

"为什么？"

"因为他几乎破了产。这又是一个爱过玛格丽特的人！"

"那么她肯定也很爱他啰。"

"这个姑娘脾气古怪,别人永远也不知道她在想些什么。小 L 子爵要走的那天晚上,她像往常一样到剧场去看戏,不过在他动身的时候,她倒是哭了。"

这时,拿尼纳来了,通知我们夜宵已经准备好了。

当我们走进餐室的时候,玛格丽特倚着墙,加斯东拉着她的手,轻声地在和她说话。

"你疯了,"玛格丽特回答他说,"你很清楚我是不会同意你的,像我这样一个女人,你认识已有两年了,怎么现在才想到要做我的情人呢。我们这些人,要么马上委身于人,要么永远也不。来吧,先生们,请坐吧。"

玛格丽特把手从加斯东手里抽回来,请他坐在她右面,我坐在左面,接着她对拿尼纳说:

"你先去关照厨房里的人,如果有人拉铃,别开门,然后你再来坐下。"

她吩咐这件事的时候,已是半夜一点钟了。

在吃夜宵的时候,大家嬉笑玩乐,狂饮大嚼。过不多久,欢乐已经到了顶点,不时可以听到一些不堪入耳的脏话,这种话在某个圈子里却被认为是很逗乐的,拿尼纳、普律当丝和玛格丽特听了都为之欢呼。加斯东纵情玩乐,他是一个心地善良的青年,但是他的思想却因他早年染上的恶习而有点腐化了。我一度真想随波逐流,不要独善其身,索性参加到这场如同一盘美肴似的欢乐中去算了。但是慢慢地我就同这场喧闹分离开来了,我停止饮酒,看着这个二十岁的美丽的女人喝酒。她的谈笑粗鲁得就像一个脚夫,别人讲的话越下流,她就笑得越起劲,我心情越来越忧郁了。

然而这样的寻欢作乐,这种讲话和喝酒的姿态,对在座的其他客人们似乎可以说是放荡、坏习气,或者精力旺盛的结果;但在玛格丽特身上,我却觉得是一种忘却现实的需要、一种冲动、一种神经质的激动。每饮一杯香槟酒,她的面颊上就泛起一阵发烧的红晕。夜宵开始时,她咳嗽还很轻微,慢慢地她越咳越厉害,不得不把头仰靠在椅背上,每当咳嗽发作时,她的双手便用力按住胸脯。

她身体孱弱,每天还要过这样的放荡生活,以此折磨自己,我真为她心疼。

后来,我担心的事终于发生了,在夜宵快结束时,玛格丽特一阵狂咳,这是我来到她家里以来她咳得最厉害的一次,我觉得她的肺好像在她胸膛里撕碎了。可怜的姑娘脸涨得绯红,痛苦地闭上了眼睛,拿起餐巾擦着嘴唇,餐巾上随即染上了一滴鲜血,于是她站起身来,奔进了梳妆间。

"玛格丽特怎么啦?"加斯东问。

"她笑得太厉害,咳出血来了,"普律当丝说,"啊,没事,她每天都是这样的。她就要回来的。让她一个人在那儿好啦,她喜欢这样。"

至于我,我可忍不住了,不管普律当丝和拿尼纳非常惊讶地想叫住我,我还是站起身来径自去找玛格丽特。

十

她躲进去的那个房间只点着一支蜡烛,蜡烛放在桌子上。她斜靠在一张大沙发上,裙衣敞开着,一只手按在心口上,另一只手悬在沙发外面,桌子上有一只银脸盆,盛着半盆清水;水里漂浮着一缕缕大理石花纹似的血丝。

玛格丽特脸色惨白,半张着嘴,竭力想喘过气来,她不时深深地吸气,然后长嘘一声,似乎这样可以轻松一些,可以舒畅几秒钟。

我走到她身前,她纹丝不动,我坐了下来,握住她搁在沙发上的那只手。

"啊!是你?"她微笑着对我说。

大概我脸上表情很紧张,因为她接着又问我:"难道你也生病了?"

"我没有病,可是你呢,你还觉得不舒服吗?"

"还有一点儿,"她用手绢擦掉了她咳出来的眼泪,说,"这种情况我现在已经惯了。"

"你这是在自杀,夫人,"我用一种激动的声音对她说,"我要做你的朋友,你的亲人,我要劝你不要这样糟蹋自己。"

"啊!你实在用不着这么大惊小怪,"她用带点儿辛酸的语调争辩说,"你看其他人是否还关心我,因为他们非常清楚这种病是无药可治的。"

她说完后就站起身,拿起蜡烛放在壁炉上,对着镜子照着。

"我的脸色有多么苍白啊!"她边说边把裙衣系好,用手指掠着散乱的头发,"啊!行了!我们回到桌子上去,来吧。"

但是我还是坐着不动。

她知道我这种情感是被这幕景象引起的,便走近我的身边,把手伸给我说:

"看你,来吧。"

我接住她的手,把它放在唇边吻着,两滴忍了好久的泪水不由自主地流了出来,润湿了她的手。

"嗳,多孩子气!"她一面说一面重新在我身边坐下,"啊,你在哭!你怎么啦?"

"你一定以为我有点痴,可我刚才看到的景象使我非常难过。"

"你心肠真好!你叫我怎么办好呢?我晚上睡不着,那就只得稍微消遣消遣;再说像我这样的姑娘,多一个少一个又有什么关系呢?医生对我说这是支气管出血,我装着相信他们的话,我能为他们做的也只有这些了。"

"请听我说,玛格丽特,"我再也抑制不住自己的感情了,我说,"我不知道你对我的生命会产生什么样的影响,但是我所知道的是,眼下我最关心的就是你,我对你的关心超过了对任何人,甚至超过了对我的妹妹。这种心情自从见到你以来就有了。好吧,请看在上天的份上,好好保重自己的身体吧,别再那样糟蹋自己了。"

"如果我保重自己的身体,我反而会死去,现在支撑着我的,就是我现在过的这种放荡生活。说到保重自己的身体,那只是指那些有家庭、有朋友的上流社会的太太小姐们说的,而我们这些人呢,一旦我们不能满足情人的虚荣心,不能供他们寻欢作乐,消愁解闷,他们就会把我们撇在一边,我们就只好度日如年地忍受苦难,这些事我知道得一清二楚,哼!我在床上躺了两个月,第三个星期之后就谁也不来看我了。"

"我对你来说确实算不了什么,"我接着说,"但是,如果你不嫌弃的话,我会像一个兄弟一样来照顾你,不离开你,我会治好你的病。等你身体复原之后,只要你喜欢,再恢复你现在这种生活也行;但是我可以肯定,你一定会喜欢过清静生活的,这会使你更加幸福,会使你永远这样美丽。"

"今儿晚上你这样想,那是因为你酒后伤感,但是,你自夸的那份耐心你是不会有的。"

"请听我对你说,玛格丽特,你曾经生了两个月的病,在这两个月里面,我每天都来打听你的病情。"

"这倒不假,但是为什么你不上楼来呢?"

"因为那时候我还没有认识你。"

"跟我这样一个姑娘还有什么不好意思的呢?"

"跟一个女人在一起总有点不好意思,至少我是这样想的。"

"这么说,你真的会来照顾我吗?"

"是的。"

"你每天都留在我身边吗?"

"是的。"

"甚至每天晚上也一样吗?"

"任何时间都一样,只要你不讨厌我。"

"你把这叫做什么?"

"忠诚。"

"这种忠诚是从哪儿来的呢?"

"来自一种我对你无法克制的同情。"

"这样说来你爱上我了吗？马上讲出来,讲出来就简单多了。"

"这是可能的,但是,即使我有一天要对你讲,那也不是在今天。"

"你最好还是永远也别对我讲的好。"

"为什么?"

"因为这种表白只能有两种结果。"

"哪两种?"

"或者是我拒绝你,那你就会怨恨我;或者是我接受你,那你就有了一个多愁善感的情妇,一个神经质的女人,一个有病的女人,一个忧郁的女人,一个快乐的时候比痛苦还要悲伤的女人,一个吐血的、一年要花费十万法郎的女人,对公爵这样一个有钱的老头儿来说是可以的,但是对你这样一个年轻人来说是很麻烦的。我以前所有的年轻的情人都很快地离开了我,那就是证据。"

我什么也没有回答,我听着这种近乎忏悔的自白,依稀看到在她纸醉金迷的生活的外表下掩盖着痛苦的生活。可怜的姑娘在放荡、酗酒和失眠中逃避生活的现实。这一切使我感慨万端,我一句话也说不出来。

"不谈了吧,"玛格丽特继续说,"我们简直是在讲孩子话。把手递给我,一起回餐室去吧,别让他们知道我们在干什么。"

"你高兴去就去吧,但是我请你允许我留在这儿。"

"为什么?"

"因为你的快乐使我感到非常痛苦。"

"那么,我就愁眉苦脸好啦。"

"啊,玛格丽特,让我跟你讲一件事,这件事别人或许也经常对你说,你因为听惯了,也不会把它当回事。但这的确是真的,我以后也永远不会再跟你讲第二遍了。"

"什么事?……"她微笑着对我说,年轻的母亲在听她们的孩子讲傻话时常带着这种微笑。

"自从我看到你以后,我也不知道是怎么回事,更不知道是为了什么,你在我的生命中就占了一个位置,我曾想忘掉你,但是办不到,你的形象始终留在我的脑海里。我已经有两年没有看到你了,但今天,当我遇到你的时候,你在我心坎里所占的位置反而更加重要了。最后,你今天接待我,我认识了你,知道了你所有奇特的遭遇,你成了我生命中不可缺少的人,别说你不爱我,即使你不让我爱,我也会发疯的。"

"但你有多么可怜啊,我要学D太太①说过的话来跟你讲了,'那么你很有钱啰!'难道你不知道我每个月要花上六七千法郎。这种花费已经成了我生活上的需要,难道你不知道,可怜的朋友,要不了多久,我就会使你破产的。你的家庭会停止供给你的一切费用,以此来教训你不要跟我这样一个女人一起生活。像一个好朋友那样爱我吧,但是不能超过这个程度。你常常来看看我,我们一起谈谈笑笑,但是别把我看得有

---

① 指迪韦尔努瓦太太。

多么了不起,因为我是分文不值的。你心肠真好,你需要爱情。但是要在我们这个圈子里生活,你还太年轻,也太容易动感情,你还是去找个有夫之妇做情妇吧。你看,我是一个多好的姑娘,我跟你说话有多坦率。"

"好啊!你们在这里搞什么鬼啊?"普律当丝突然在门口叫道,她什么时候来的,我们一点也没听见。她头发蓬松,衣衫零乱,我看得出这是加斯东的手作的怪。

"我们在讲正经事,"玛格丽特说,"让我们再谈几句,我们一会儿就来。"

"好,好,你们谈吧,孩子们。"普律当丝说着就走了。一面关上了门,仿佛是为了加重她刚才说的几句话的语气似的。

"就这样说定了,"玛格丽特在只剩下我们两个人的时候接着说,"你就不要再爱我了。"

"我马上就走。"

"竟然到这种地步了吗?"

我真是骑虎难下,再说,这个姑娘已经使我失魂落魄了。这种既有快乐,又有悲伤,既有纯洁,又有淫欲的混合物,还有那使她精神亢奋,容易冲动的疾病,这一切都使我知道了如果一开始我就控制不了这个轻浮和健忘的女人,我就会失去她。

"那么,你说的是真话吗?"她说。

"完全是真的。"

"那你为什么不早对我说?"

"我什么时候有机会对你说这些话呢?"

"你在喜剧歌剧院被介绍给我的第二天就可以对我说嘛。"

"我以为如果我来看你的话,你大概不会欢迎我的。"

"为什么?"

"因为前一天晚上我有点傻里傻气。"

"这倒是真的,但是,你那个时候不是已经爱上我了吗?"

"是啊。"

"既然如此,你在散戏后倒还能回家去安心睡觉。这些伟大的爱情就是这么回事,这个我们一清二楚。"

"那么,你就错了,你知道那天晚上我在离开喜剧歌剧院以后干了些什么?"

"我不知道。"

"我先在英国咖啡馆门口等你,后来跟着你和你三位朋友乘坐的车子,到了你家门口。当我看到你一个人下了车,又一个人回家的时候,我心里很高兴。"

玛格丽特笑了。

"你笑什么?"

"没有什么。"

"告诉我,我求求你,不然我以为你还在取笑我。"

"你不会生气吗?"

"我有什么权利生气呢?"

"那么,我一个人回家有一个很美妙的原因。"

"什么原因?"

"有人在这里等我。"

即使她给我一刀子也不会比这更使我痛苦,我站起来,向她伸过手去。

"再见。"我对她说。

"我早知道你一定会生气的,"她说,"男人们总是急不可耐地要知道会使他们心里难受的事情。"

"但是,我向你保证,"我冷冰冰地接着说,仿佛要证明我已经完全控制住了我的激情,"我向你保证我没有生气。有人等你那是十分自然的事,就像我凌晨三点钟要告辞一样,也是十分自然的事。"

"是不是也有人在家里等你呢?"

"没有,但是我非走不可。"

"那么,再见啦。"

"你打发我走吗?"

"没有的事。"

"为什么你要使我痛苦?"

"我使你痛苦什么啦?"

"你对我说那时候有人在等你。"

"当我想到你看见我单独一人回家就觉得那么高兴,而那时又有这么一个美妙的原因的时候,我就忍不住要笑出来啦。"

"我们经常会有一种孩子般的快乐,不该扫人的兴;那是很可恨的。只有让这种快乐保持下去,才能使得到这种快乐的人更加幸福。"

"可是你到底把我当什么人看呀?我既不是黄花闺女,又不是公爵夫人。我不过今天才认识你,我的行为跟你有什么相干,就算将来有一天我要成为你情人的话,你也该知道,除了你我还有别的情人,如果你现在还没有成为我的情人就跟我吃起醋来了,那么将来怎么办呢?就算有这个'将来'吧,我从来没有看见过像你这样的男人。"

"这是因为从来也没有一个人像我这样爱过你。"

"好吧,你说心里话,你真的很爱我吗?"

"我想,我能爱到什么程度就爱到了什么程度。"

"而这一切是从……?"

"从我看见你从马车上下来走进絮斯商店那一天起开始的,那是三年以前的事了。"

"你讲得太美了,你知道吗? 可我该怎样来报答这种伟大的爱情呢?"

"应该给我这么一点爱。"我说,心跳得几乎连话也讲不出来,因为尽管玛格丽特讲话的时候流露出一种含讥带讽的微笑,我还是觉得出来,她似乎也跟我一样有点心慌意乱了,我等待已久的时刻正在逐步逼近。

"那么公爵怎么办呢?"

"哪个公爵?"

"我的老醋罐子。"

"他什么也不会知道。"

"如果他知道了呢?"

"他会原谅你的。"

"啊,不会的! 他就不要我了,那我怎么办呢?"

"你为别人不也在冒这种危险吗?"

"你怎么知道的?"

"你刚才不是吩咐今晚不要让人进来吗? 这我就知道了。"

"这倒是真的,但这是一位规矩朋友。"

"既然你这么晚还把他挡在门外,说明你也并不怎么看重他。"

"这也用不着你来责备我呀,因为这是为了接待你们,你和你的朋友。"

我已经慢慢地挨近了玛格丽特,我轻轻地搂着她的腰,她轻盈柔软的身躯已经在我的怀抱里了。

"你知道我有多么爱你!"我轻轻地对她说。

"真的吗?"

"我向你发誓。"

"那么,如果你答应一切都照我的意思办,不说二话,不监视我,不盘问我,那么我可能会爱你的。"

"我全都听你的!"

"我有言在先,只要我喜欢,我要怎么着就怎么着,我不会把我的生活琐事告诉你的。很久以来我一直在找一个年轻听话的情人,他要对我多情而不多心,他接受我的爱但又并不要求权利。这样的人我还从来没有找到过。男人们总是这样的,一旦他们得到了他们原来难以得到的东西,时间一长,他们又会感到不满足了,他们进而要求了解他们情人的目前、过去、甚至将来的情况。在他们逐渐跟情人熟悉以后,就想控制她,情人越迁就,他们就越得寸进尺。倘使我现在打定主意要再找一个情人的话,我希望他具有三种罕见的品格:他要信任人,听话,而且稳重。"

"好吧,你要怎么着就怎么着吧。"

"我们以后再看吧!"

"什么时候呢?"

"再过些时候。"

"为什么?"

"因为,"玛格丽特从我怀抱里挣脱身子,在一大束早上送来的红色茶花中间摘了一朵,插在我衣服的纽孔里,说道,"因为条约总不会在签字的当天就执行的。"

这是不难理解的。

"那么我什么时候可以再见到你呢?"我一面说,一面把她紧紧地搂在怀里。

"当这朵茶花变颜色的时候。"

"那么什么时候它会变颜色呢?"

"明天晚上,半夜十一点到十二点之间,你满意了吧?"

"这你还用问吗?"

"这件事你对谁也不要说,不论是你的朋友、普律当丝,还是别的什么人。"

"我答应你。"

"现在,吻我一下,我们一起回餐室去吧。"

她的嘴唇向我凑了过来,随后她又重新整理了一下头发,在我们走出这个房间的时候,她唱着歌;我呢,几乎有些疯疯癫癫的了。

走进客厅时,她站住了,低声对我说:

"我这种似乎准备马上领你情的模样,你该觉得有些意外吧,你知道这是什么缘故吗?"

"这是因为,"她把我的手紧紧压在她的胸口上,我觉得她的心在剧烈地跳动,她接着对我说,"这是因为,明摆着我要比别人寿命短,我要让自己活得更痛快些。"

"别再跟我讲这种话了,我恳求你。"

"喔!你放心吧,"她笑着继续说,"即使我活不多久,我活的时间也要比你爱我的时间长些。"

接着她就走进了餐室。

"拿尼纳到哪儿去了?"她看到只有加斯东和普律当丝两个人就问道。

"她在你房间里打盹,等着侍候你上床呢。"普律当丝回答说。

"她真可怜!我把她累死了!好啦,先生们,请便吧,是时候了。"

十分钟以后,加斯东和我两人告辞出来,玛格丽特和我握手道别,普律当丝还留在那里。

"喂,"走出屋子以后,加斯东问我,"你看玛格丽特怎么样?"

"她是一个天仙,我真给她迷住了。"

"我不相信,这些话你跟她说了吗?"

"说了。"

"那么她说过她相信你的话吗?"

"没有说。"

"普律当丝可不一样。"

"普律当丝答应你了吗?"

"不仅是答应,我亲爱的!你简直不会相信,她还有趣得很哪,这个胖迪韦尔努瓦!"

十一

故事讲到这里,阿尔芒停下来了。

"请你把窗关上好吗?"他对我说,"我有点儿冷,该我睡觉的时候了。"

我关上窗户。阿尔芒身体还十分虚弱,他脱掉晨衣,躺在床上,把头靠在枕头上歇了一会儿,神气好像是一个经过长途赛跑而精疲力竭的旅客,又像是一个被痛苦的往事纠缠得心烦意乱的人。

"你大概话讲多了，"我对他说，"我还是告辞，让你睡觉吧，好不好？改天你再把故事给我讲完吧。"

"是不是你觉得这个故事无聊？"

"正好相反。"

"那我还是继续讲，如果你让我一个人留下，我也睡不着。"

当我回到家里的时候，——他接着就讲，不用多加思索，因为所有详情细节都深深地印在他的脑海里，——我没有睡觉，我开始回忆这一天发生的事：和玛格丽特的相遇、介绍、她私下给我的诺言。这一切发生得那么迅速和意外，我有时还以为是在做梦呢。然而，一个男人向玛格丽特那样的姑娘提出要求，而她答应在第二天就满足他，这也不是第一次。

尽管我有这样的想法，但是我这位未来的情人给我留下的最初印象非常深刻，我始终不能忘怀。我还是一个心眼儿地认为她跟其他姑娘不一样。我像一个普通男人一样有我的虚荣心，我坚信她对我就像我对她一样地钟情。

然而我又看到了一些互相矛盾的现象，我还经常听说玛格丽特的爱情就像商品一样，价格随着季节不同而涨落。

但在另一方面，我们又看到她坚决拒绝我们在她家里遇到的那个年轻伯爵的要求，这件事跟她的名声又怎么联系得起来呢？也许你会对我说因为她不喜欢他，何况她现在有公爵供养着，生活阔绰得很，如果她要再找一个情人，当然要找一个讨她喜欢的男人。那么为什么她又不要那个既漂亮、聪明，又有钱的加斯东，而像是看上了第一次和她见面就让她觉得十分可笑的我呢?

的确,有时候一分钟里发生的巧事比整整一年的苦苦追求还管用。

在吃夜宵的那些人中间,惟有我看到她离席而感到不安。我跟在她后面激动得无法自持。我泪流满面地吻着她的手。所有这一切,再加上在她生病的两个月中,我每天去探听她的病情,因而使她感到我确实与众不同,也许她心里在想,对一个用这样的方式来表达爱情的人,她完全可以照常办事,她过去已经干过那么多次,这种事对她已经太无所谓了。

所有这些设想,你也看得出是完全可能的,但是,不管她同意的原因究竟是什么,有一件事是肯定的,那就是她已经同意了。

我一直爱着玛格丽特,现在我即将得到她,我不能再对她有什么苛求了。但是我再对你重复一遍,尽管她是一个妓女,以前我总是以为——可能是我把她诗意化了——这次爱情是一次没有希望的爱情,以致越是这个似乎希望即将得到满足的时刻逐渐接近,我越是疑虑重重。

我一夜没有合眼。

我失魂落魄,如痴似醉。一忽儿我觉得自己还不够漂亮,不够富有,不够潇洒,没有资格占有这样一个女人;一忽儿,我为自己能占有她而沾沾自喜,得意洋洋。接着我又担心玛格丽特是在逢场作戏,对我只不过是几天的热情,我预感到这种关系很快就会结束,并不会有好收场。我心里在想,晚上还是不到她家里去的好,而且要把我的疑虑写信告诉她,然后离开她。接着,我又产生了无限的希望和无比的信心。我做了一些对未来的不可思议的美梦。我心里想要给这位姑娘医好肉体上和精神上的创伤,要和她一起白头到老,她的爱情将比最纯洁无瑕的爱情更使我幸福。

总之,我思绪纷繁,心乱如麻,实在无法向你描绘我当时脑子里的全部想法。天亮了,我迷迷糊糊地睡着了,这些念头才在蒙眬中消逝了。

我一觉醒来已经是下午两点钟。天气非常好,我觉得生活从来也没有这样美好,这样幸福过。在我的脑海里清清楚楚地浮现出昨晚的景象,接着又甜滋滋地做起了今晚的美梦。我赶紧穿好衣服,我心满意足,什么美好的事情我都能去做。我的心因快乐和爱情不时地怦怦乱跳,一种甜蜜的激情使我忐忑不安,昨晚那些使我辗转反侧的念头消失了。我看到的只是我的成功,想着的只是和玛格丽特相会的时刻。

我在家里再也待不住了,我感到自己的房间似乎太小,怎么也容纳不下我的幸福,我需要向整个大自然倾诉衷肠。

我到外面去了。

我走过昂坦街。玛格丽特的马车停在门口等她;我向香榭丽舍大街那边走去。凡是我所遇到的行人,即使是我不认识的,我都感到亲切!

爱情使一切变得多么美好啊!

我在玛尔利石马像①和圆形广场之间来回溜达了一个小时,我远远看到了玛格丽特的马车,我并不是认出来的,而是猜出来的。

在香榭丽舍大街拐角上,她叫马车停下来,一个高个子的

---

① 石马像,原在巴黎附近的玛尔利,是著名雕刻家古斯图的杰作,后来移到香榭丽舍大街入口处协和广场上。

年轻人离开了正在跟他一起谈话的一群人,迎上前去和她交谈。

他们谈了一会儿;年轻人又回到他那些朋友中去了。马车继续往前行进,我走近那群人,认出了这个跟玛格丽特讲话的人就是 G 伯爵,我曾经看到过他的肖像,普律当丝告诉过我玛格丽特的地位就是他造成的。

他就是玛格丽特头天晚上嘱咐挡驾的那个人,我猜想她刚才把车停下是为了向他解释昨晚不让他进门的原因,但愿她这时能再找到一个借口请他今晚也别来了。

我一点也记不得这一天剩下来的时间是怎么过的;我散步、抽烟、跟人聊天,但是,到了晚上十点钟,我一点儿也记不起那天晚上遇到过什么人,讲过些什么话。

我所能记得起来的只是:我回到家里,打扮了三个小时,我成百次地瞧着我的钟和表,不幸的是它们走得都一样地慢。

十点半一响,我想该去赴约会啦。

我那时住在普罗旺斯街,我沿着白山街前进,穿过林阴大道,经过路易大帝街和马洪港街,最后来到了昂坦街,我望了望玛格丽特的窗户。

里面有灯光。

我拉了门铃。

我问看门人戈蒂埃小姐是不是在家。

他回答我说戈蒂埃小姐从来不在十一点钟或者十一点一刻之前回来。

我看了看表。

我原以为自己走得很慢,实际上我从普罗旺斯街走到玛格丽特家只花了五分钟!

于是,我就在这条没有商店、此时已冷冷清清的街上来回徘徊。

半小时后玛格丽特来了。她从马车上下来,一面环顾四周,好像在找什么人似的。

车子慢慢驶走了,因为马厩和车棚不在这座房子里面,玛格丽特正要拉门铃的时候,我走上前去对她说:

"晚安!"

"哦!是你呀?"她对我说,语气似乎她并不怎么高兴在这里看到我。

"你不是答应我今天来看你的吗?"

"噢,对了,我倒忘记了。"

这句话把我早晨的幻想和白天的希望一扫而光。不过,我已经开始习惯了她这种态度,因此我没有转身而去,如果在过去,我肯定会一走了之的。

我们进了屋子。

拿尼纳已预先把门打开。

"普律当丝回来了没有?"玛格丽特问道。

"还没有,太太。"

"去通知一声要她一回来就到这儿来,先把客厅里的灯灭掉,如果有人来,就说我还没有回来,今天也不回来了。"

很明显这个女人心里有事,也可能是讨厌某个不知趣的人。我简直不知所措,不知说什么才好,玛格丽特向她的卧室走去,我呆在原地木然不动。

"来吧。"她对我说。

她脱掉帽子和天鹅绒外衣,把它们全都扔在床上,随即躺倒在火炉旁边一张大扶手椅里,这只炉子里的火她吩咐一直要生到春末夏初。她一面玩着她的表链一面对我说：

"嗳，有什么新闻跟我谈谈？"

"什么也没有，不过今晚我不该来。"

"为什么？"

"因为你好像心情不太好，你大概讨厌我了。"

"我没有讨厌你，只是我不太舒服，整整一天我都很不好受，昨天晚上我没有睡好，今天头痛发作得很厉害。"

"那我就告辞，让你睡觉，好不好？"

"噢！你可以留在这里，如果我想睡的话，当你的面我一样可以睡。"

这时候有人拉铃。

"还有谁会来呀？"她做了一个不耐烦的动作说道。

一会儿，铃又响了。

"看来没有人去开门啦，还得我自己去开。"

果然，她站了起来，一面对我说：

"你留在这里。"

她穿过房间到外面，我听到开门的声音，我静静地听着。

玛格丽特放进来的人走进餐室站住了，来人一开口，我就听出是年轻的N伯爵的声音。

"今儿晚上你身体怎么样？"他问。

"不好。"玛格丽特生硬地回答道。

"我打扰你了吗？"

"也许是吧。"

"你怎么这样接待我！我有什么地方得罪你了？亲爱的玛格丽特。"

"亲爱的朋友，你一点也没有得罪我，我病了，我需要睡觉,因此你要是离开这里的话,我将感到高兴。每天晚上我回来五分钟就看到阁下光临,这实在是要我的命。你到底要怎么样?要我做你的情人吗?那么我已经讲过一百遍了,不行!我非常讨厌你,你另打主意吧。今天我再对你说一遍,也是最后一遍:我不要你!这样行了吧,再见。好吧,拿尼纳回来了,她会给你照亮的,晚安。"

于是,玛格丽特没有再讲一句话,也没有再去听那个年轻人含糊不清的唠叨,她回到卧室,重重地把门碰上。紧接着,拿尼纳也几乎立即从那扇门里进来了。

"你听着,"玛格丽特对她说,"以后要是这个笨蛋再来,你就告诉他说我不在家,或者说我不愿意接待他。看到这些人老是来向我提这种要求,我实在是受不了,他们付钱给我就认为和我可以两讫了。如果那些就要干我这一行下流营生的女人知道这是怎么一回事,她们宁可去做老妈子。但是不行啊,我们有虚荣心,经受不了衣裙、马车和钻石这些东西的诱惑。我们听信了别人的话,因为卖淫也有它的信念,我们就一点一点地出卖我们的心灵、肉体和姿色;我们像野兽似的让人提防,像贱民般地被蔑视。包围着我们的人都是一些贪得无厌好占便宜的人,总有一天我们会在毁灭了别人又毁灭了自己以后,像一条狗似的死去。"

"好了,太太,你镇静一下,"拿尼纳说,"今天晚上你神经太紧张了。"

"这件衣服我穿了不舒服,"玛格丽特一面说,一面把她胸衣的搭扣拉开,"给我一件浴衣吧,嗳,普律当丝呢?"

"她还没有回来,不过她一回来,就会有人叫她到太太这儿来的。"

"你看,这儿又是一位,"玛格丽特接着说,一面脱下长裙,披上一件白色浴衣,"你看,这儿又是一位,在用得着我的时候她就来找我,但又不肯诚心诚意地帮我一次忙。她知道我今晚在等她的回音,我一直在盼着这个回音,我等得很着急,但是我可以肯定她一定把我的事丢在脑后自顾自玩去了。"

"可能她被谁留住了。"

"给我们拿些潘趣酒来。"

"你又要折磨自己了。"拿尼纳说。

"这样更好。给我再拿些水果、馅饼来,或者来一只鸡翅膀也好,随便什么东西,快给我拿来,我饿了。"

这个场面给我留下什么印象是不用多说的了,你猜也会猜到的,是不是?

"你等一会儿跟我一起吃夜宵,"她对我说,"吃夜宵以前,你拿一本书看看好了,我要到梳妆间去一会儿。"

她点燃了一只枝形烛台上的几支蜡烛,打开床脚边的一扇门走了进去。

我呢,我开始思考着这个姑娘的生活,我出于对她的怜悯而更加爱她了。

我一面思索,一面跨着大步在这个房间里来回走动,突然普律当丝进来了。

"啊,你在这儿?"她对我说,"玛格丽特在哪儿?"

"在梳妆间里。"

"我等她,喂,你很讨她的喜欢,你知道吗?"

"不知道。"

"她一点也没有跟你说过吗?"

"一点也没有。"

"你怎么会在这里的呢?"

"我来看看她。"

"深更半夜来看她吗?"

"为什么不可以?"

"笑话!"

"她接待我很不客气。"

"她就要客客气气地接待你了。"

"真的吗?"

"我给她带来了一个好消息。"

"那倒不坏,那么她真的对你谈到过我了吗?"

"昨天晚上,还不如说是今天早上,在你和你的朋友走了以后……喂,你那位朋友为人怎么样?他的名字叫 R.加斯东吧?"

"是呀。"我说,想到加斯东对我说的知心话,又看到普律当丝几乎连他的名字也不知道,真使我不禁要笑出来。

"这个小伙子很可爱,他是干什么的?"

"他有两万五千法郎年金。"

"啊!真的!好吧,现在还是谈谈你的事,玛格丽特向我打听你的事,她问我你是什么人,做什么事,你从前那些情妇是些什么人;总之,对像你这样年纪的人应该打听的事她都打听到了。我把我知道的也全讲给她听,还加了一句,说你是一个可爱的小伙子,就是这些。"

"谢谢你,现在请你告诉我她昨天托你办的事吧。"

"昨天她什么事也没有托我办,她只是说要把伯爵撵走,但是今天她要我办一件事,今天晚上我就是来告诉她回音的。"

讲到这里,玛格丽特从梳妆间走了出来,娇媚地戴着一顶睡帽,帽上缀着一束黄色的缎带,内行人把这种装饰叫做甘蓝式缎结。

她这副模样非常动人。

她光脚趿着缎子拖鞋,还在擦着指甲。

"喂,"看到普律当丝她说道,"你见到公爵了吗?"

"当然见到啦!"

"他对你说什么啦?"

"他给我了。"

"多少?"

"六千。"

"你带来了吗?"

"带来了。"

"他是不是有些不高兴?"

"没有。"

"可怜的人!"

讲这句"可怜的人!"的语气真是难以形容。玛格丽特接过六张一千法郎的钞票。

"来得正是时候,"她说,"亲爱的普律当丝,你要钱用吗?"

"你知道,我的孩子,再过两天就是十五号,如果你能借我三四百法郎,你就帮了我的大忙啦。"

"明天早上送去吧,现在去换钱时间太晚了。"

"可别忘了呀。"

"放心好了,你跟我们一起吃夜宵吗?"

"不了,夏尔在家里等着我。"

"他把你迷住了吗?"

"真迷疯啦,亲爱的!明天见。再见了,阿尔芒。"

迪韦尔努瓦夫人走了。

玛格丽特打开她的多层架,把钞票扔了进去。

"你允许我躺下吗?"她微笑着说,一面向床边走去。

"我不但允许,而且还请求你这样做。"

她把铺在床上的镶着镂空花边的床罩拉向床脚边就躺下了。

"现在,"她说,"过来坐在我身边,我们谈谈吧。"

普律当丝说得对,她带来的回音使玛格丽特高兴起来了。

"今天晚上我脾气不好,你能原谅我吗?"她拉着我的手说。

"我什么都可以原谅你。"

"你爱我吗?"

"爱得发疯。"

"我脾气不好,你也爱我吗?"

"不论如何我都爱。"

"你向我起誓!"

"我起誓。"我柔声对她说。

这时候拿尼纳进来了,她拿来几只盘子,一只冷鸡,一瓶波尔多葡萄酒,一些草莓和两副刀叉。

"我没有关照给你调潘趣酒,"拿尼纳说,"你最好还是喝葡萄酒。是不是,先生?"

"当然啰。"我回答说,我刚才听了玛格丽特那几句话,激动的心情还没有平静下来,火辣辣的眼睛凝望着她。

"好吧,"她说,"把这些东西都放在小桌子上,把小桌子移到床跟前来,我们自己会吃,不用你侍候了。你已经三个晚上没有睡好啦,你一定困得很,去睡吧,我再也不需要什么啦。"

"要把门锁上吗?"

"当然要锁上!特别要关照一声,明天中午以前别让人进来。"

十二

清晨五点钟,微弱的晨光透过窗帘照射进来,玛格丽特对我说:

"很抱歉,我要赶你走了,这是没有办法的事,公爵每天早上都要来;他来的时候,别人会对他说我还在睡觉,他可能一直要等到我醒来。"

我把玛格丽特的头捧在手里,她那蓬松的头发凌乱地披散在周围,我最后吻了吻她对她说:

"我们什么时候再见?"

"听着,"她接着说,"你把壁炉上那把金色的小钥匙,拿去打开这扇门,再把钥匙拿来,你就走吧。今天你会收到我一封信和我的命令,因为你知道你应该盲目地服从我。"

"是的,不过我现在是不是可以向你要求一点东西呢?"

"要求什么?"

"把这把钥匙给我。"

"这个东西我从来没有给过别人。"

"那么,你就给我吧,因为我对你起过誓,我爱你跟别人爱你不一样。"

"那么你就拿去吧,但是我要告诉你,我可以让这把钥匙对你毫无用处。"

"怎么会呢?"

"门里面有插销。"

"坏东西!"

"我叫人把插销拆了吧。"

"那么,你真有点儿爱我吗?"

"我也不知道是怎么一回事,不过看来我真的爱上你了。现在你去吧,我困得很。"

我们又紧紧地拥抱了一会儿,后来我就走了。

街上阒无人迹,巨大的城市还沉睡未醒,到处吹拂着一阵阵柔和的微风,再过几个小时,这里就要熙来攘往,人声鼎沸了。

现在这座沉睡着的城市仿佛是属于我一个人的。过去我一直羡慕有些人运气好,我一个个地回忆着他们的名字,可是我怎么也想不起有谁比我眼下更称心如意的了。

被一个纯洁的少女所爱,第一个向她揭示神秘之爱的奥秘,当然,这是一种极大的幸福,但这也是世界上最简单不过的事情。赢得一颗没有谈过恋爱的心,这就等于进入一个没有设防的城市。教育、责任感和家庭都是最机警的哨兵,但是对一个十六岁的少女来说,任何哨兵都免不了要受她的欺骗,大自然通过她心爱的男子的声音对她作第一次爱情的启示,这种启示越是显得纯洁,它的力量也就越是猛烈。

少女越是相信善良就越是容易失身,如果不是失身于情人的话,至少是失身于爱情。因为一个人丧失了警惕就等于失去了力量,得到这样一个少女的爱情虽说是一个胜利,但这种胜利是任何一个二十五岁的男子想什么时候要就什么时候能够到手的。在这些少女的周围,确实是戒备森严。但是要把所有这些可爱的小鸟关在连鲜花也不必费心往里抛的笼子里,修道院的围墙还不够高,母亲的看管还不够严,宗教戒条的作用还不够持久。因此,这些姑娘们该有多么向往别人不让她们知道的外部世界。她们该有多么相信这个世界一定是非常引人入胜的,当她们第一次隔着栅栏听到有人来向她们倾诉爱情的秘密时该有多么高兴,对第一次揭开那神奇帐幕一角的那只手,她们该是怎样地祝福它啊!

但是要真正地被一个妓女所爱,那是一个极其难得的胜利,她们的肉体腐蚀了灵魂,情欲灼伤了心灵,放纵的生活养成了她们的铁石心肠。别人对她们讲的话,她们早已听腻了,别人使用的手腕她们也都熟悉,她们即使有过爱情也已经卖掉了。她们的爱情不是出于感情,而是为了金钱。她们深思熟虑,因此远比一个被母亲和修道院看守着的处女防范得周密。她们把那些不在做生意范围之内的爱情叫做逢场作戏,她们经常会有一些这样的爱情,她们把这种爱情当作消遣,当作借口,当作安慰,就好像那些放高利贷的人,他们盘剥了成千的人,有一天他借了二十个法郎给一个快要饿死的穷人,没有要他付利息,没有逼着他写借据,就自以为罪已经赎清了。

再说,当上帝允许一个妓女萌发爱情的时候,这个爱情,开始时好像是一个宽恕,后来几乎总是变成一种对她的惩罚。没有忏悔就谈不上宽恕。如果一个女人过了一段应该受到谴责的生活,突然觉得自己有了一种深刻的、真诚的、不能自制的爱情,这种她从来以为不可能有的爱情,当她承认这个爱情的时候,那个被她爱的男子就可以统治她了!这个男子有多么得意,因为他有权对她讲"你的爱情跟做买卖也差不离"。然而,这是一种残酷的权利。

这时候她们真不知道怎样来表明她们的真心。有一个寓言讲过:一个孩子跟农民们恶作剧,一直在田野里叫"救命啊,熊来啦!"闹着玩。有一天熊真的来了,那些被他骗过的人这一次不再相信他的呼救声,他终于被熊吃掉了;这就像那些可怜的姑娘萌发了真正的爱情的时候一样。她们说谎次数太多,以致别人不再相信她们了,她们后悔莫及地葬身于她们自己的爱情之中。

因此,便产生了那些真正忠于爱情、认真从良的妓女,上面提到的那种情况在她们中间是不乏其例的。

但是,当一个激起这种超脱的爱情的男子有一颗宽宏的心,愿意接受这个女人而不去回忆她的过去,当他投身于这个爱情之中,总之,当他被她所爱一样地爱上了她时,这个人顿时就享尽了人间所有美好的感情,经过这次爱情以后,他再也不会爱上别人了。

这些想法并不是在我回家的那个早上就有的,它们可能是我以后的一些遭遇的预感,尽管我爱着玛格丽特,却没有产生过相似的念头,今天我才有了这些想法。一切都过去了,这些想法是已经发生的事所产生的自然后果。

现在还是回到我们这次交往的第一天来吧。当我回家的时候,我欣喜若狂。想到我原来想象存在于玛格丽特和我之间的障碍已经消失,想到我已得到了她,想到我在她脑子里已经有了一定的地位,想到她的房间的钥匙在我口袋里,并且我还有权利使用这把钥匙,我感到人生非常美满,我踌躇满志,我赞美上帝,是它赐给了我这一切。

一天一个年轻人走过一条街,他碰见一个女人,他望了望她,转身就走了。他不认得这个女人。这个女人有她的快乐、她的悲哀和她的爱情,跟他毫不相干。她的心目中也没有他这个人,如果他要跟她搭话,她也许会像玛格丽特嘲笑我一样地嘲笑他。几个星期,几个月,几年过去了。突然,在他们听从着各自的命运在不同的道路上行走的时候,一个偶然的机缘使他们重新相会。这个女人爱上了他,成了这个男人的情人。这两个青年从此就难分难舍,形影不离,这是怎么回事,这又是为什么?一当他们爱上了,就仿佛这个爱情由来已久,所有往事在这两个情人的脑海中都消失了,我们承认这是很奇怪的。

至于我,我也记不起这天晚上以前我是怎样生活过来的,一想到这第一个晚上我们俩谈的话,我全身舒坦。要么是玛格丽特善于骗人,要么她对我有一股突如其来的热情,这种热情在第一次接吻以后就有了,以后又突然消失,就像它产生时一样。

我越想越觉得玛格丽特没有任何理由来假装爱我,我还想到女人有两种恋爱方式,这两种方式可以互为因果:她们不是从心底里爱人就是因感官的需要而爱人。一个女人接受一个情人一般只是为了服从她感官上的需要,她不知不觉地懂得了超肉欲爱情的神秘性,并且在以后只是靠精神爱情来生活;通常一个年轻的姑娘,起初只认为婚姻是双方纯洁感情的结合,后来才突然发现了肉体的爱情,也就是精神上最纯洁的感情所产生的有力的结果。

我想着想着慢慢地睡着了。玛格丽特的来信把我唤醒

了,信里面写着这样几句话:

> 这是我的命令:今天晚上在沃德维尔剧院见面,请在第三次幕间休息时来找我。
>
> 玛·戈

我把信放进抽屉里锁了起来。我这个人很多疑,这样做便于我以后万一有所怀疑的时候,手里可以有个真凭实据。

她没有叫我在白天去看她,我也不敢贸然到她家里去;但是我实在想在傍晚以前就看到她,于是我就到香榭丽舍大街去。和昨天一样,我又在那里看见她经过,并在那里下了马车。

七点钟,我就到了沃德维尔剧院。

我从未这样早到剧院里去过。

那些包厢里慢慢地都坐满了人,只有一个包厢是空的:底层台前包厢。

第三幕开始的时候,我听见那个包厢里有开门的声响,我的眼睛几乎没有离开过这个包厢,玛格丽特出现了。

她马上走到包厢前面,往正厅前座里寻找,看到我以后,就用目光向我表示感谢。

这天晚上她有多美啊!

她是为了我才打扮得这样漂亮的吗?难道她爱我已经爱到了这般地步,认为她越是打扮得漂亮,我就越感到幸福吗?这我还不知道,但假使她真的是这样想的话,那么她是成功了,因为当她出现的时候,观众的脑袋像一片波涛似的纷纷向她转去,连舞台上的演员也对着她望,因为她刚一露面就使观众为之倾倒。

而我身上却有着这个女人的房间钥匙,三四个小时以后,她又将是我的了。

人们都谴责那些为了女戏子和妓女而倾家荡产的人,使我奇怪的倒是,他们怎么没有更进一步地为这些女人做出更加荒唐的事来呢。一定要像我这样地投入到这种生活里去,才能了解到,只有她们在日常生活中满足她们情人的各种微小的虚荣心,才能巩固情人对她们的爱情——我们只能说"爱情",因为找不到别的字眼。

接着是普律当丝在包厢里坐了下来,还有一个男人坐在包厢后座,就是我认识的那位 G 伯爵。

一看到他,我感到浑身冰冷。

玛格丽特一定发现了她包厢里的男人影响了我的情绪,因为她又对我笑了笑,然后把背转向伯爵,显得一门心思在看戏。到了第三次幕间休息时,她转回身去,说了几句话,伯爵离开了包厢,于是玛格丽特做手势要我过去看她。

"晚安。"我进去的时候她对我说,同时向我伸过手来。

"晚安。"我向玛格丽特和普律当丝说。

"请坐。"

"那我不是占了别人的座位啦,G 伯爵不来了吗?"

"他要来的,我叫他去买蜜饯,这样我们可以单独谈一会儿,迪韦尔努瓦夫人是信得过的。"

"是啊,我的孩子们,"迪韦尔努瓦夫人说,"放心好了,我什么也不会讲出去的。"

"你今天晚上怎么啦?"玛格丽特站起来,走到包厢的阴影里搂住我,吻了吻我的额头。

"我有点不舒服。"

"你应该去睡一会儿才好。"她又说,她那俏皮的神色跟她那娇小玲珑的脑袋极为相配。

"到哪里去睡?"

"你自己家里呀!"

"你很清楚我在自己家里是睡不着的。"

"那么你不要因为看见有一个男人在我的包厢里就来给我看脸色。"

"不是为了这个原因。"

"是这个原因,我一看就知道,你错了,我们别再谈这些事了。散戏后你到普律当丝家里去,一直等到我叫你,你听明白了吗?"

"明白了。"

我难道能不服从吗?

"你永远爱我吗?"她说。

"这还用问吗?"

"你想我了吗?"

"整天都在想。"

"我真怕我真的爱上你了,你知道吗?还是问问普律当丝吧。"

"啊!"那个女胖子回答说,"真是叫人烦死了。"

"现在,你回到你的位子上去,伯爵要回来了,没有必要让他在这里看见你。"

"为什么?"

"因为你看到他心里不痛快。"

"没有的事,不过如果你早跟我讲今天晚上想到伏德维尔剧院来,我也会像他一样把这个包厢的票子给你送来的。"

"不幸的是,我没有向他要他就给我送来了,还提出要陪我来。你知道得很清楚,我是不能拒绝的。我所能做的,就是写信告诉你我在哪里,这样你就可以见到我,因为我自己也很希望早些看到你;既然你是这样感谢我的,我就要记住这次教训。"

"我错了,请原谅我吧。"

"这就太好了,乖乖地回到你的座位上去,再不要吃什么醋了。"

她再一次吻了我,我就走出来了。

在走廊里我遇到了回包厢的伯爵。

我回到了自己的座位上。

其实,G伯爵在玛格丽特的包厢里出现是件极其平常的事。他过去是她的情人,给她送来一张包厢票,陪她来看戏,这一切都是非常自然的事情。既然我有一个像玛格丽特那样的姑娘做情妇,当然我就应该容忍她的生活习惯。

这天晚上剩下来的时间我也不见得更好受一些,在看到普律当丝、伯爵和玛格丽特坐上等在剧院门口的四轮马车以后,我也快快地走了。

可是一刻钟以后我就到了普律当丝的家里,她也刚好回来。

十三

"你来得几乎跟我们一样快!"普律当丝对我说。

"是的,"我不假思索地回答说,"玛格丽特在哪儿?"

"在家里。"

"一个人吗?"

"跟G伯爵在一起。"

我跨着大步在客厅里来回走着。

"嗳,你怎么啦?"

"你以为我在这儿等着G伯爵从玛格丽特家里出来很有趣吗?"

"你太不通情理了。要知道玛格丽特是不能请伯爵吃闭门羹的。G伯爵跟她来往已经很久,他一直给她很多钱,现在还在给她。玛格丽特一年要化十多万法郎,她欠了很多债。只要她开口,公爵总能满足她的要求,但是她不敢要公爵负担全部开销。伯爵每年至少给她万把法郎,她不能和他闹翻。玛格丽特非常爱你,亲爱的朋友,但是你跟她的关系,为了你们各自的利益,你不应该看得过于认真的。你那七八千法郎的津贴费是不够这个姑娘挥霍的,连维修她的马车也不够。你要恰如其分地把玛格丽特当作一个聪明美丽的好姑娘对待;做她一两个月的情人,送点鲜花、糖果和包厢票给她,其他的事你就不必操心啦!别再跟她闹什么争风吃醋的可笑把戏了。你很清楚你是在跟谁打交道,玛格丽特又不是什么贞洁女人,她很喜欢你,你也很喜欢她,其他的你就不用管了。我认为你这样容易动感情是很可爱的!你有巴黎最讨人喜欢的女人做情妇!她满身戴着钻石,在富丽堂皇的住宅里接待你,只要你愿意,她又不要你花一个子儿,而你还要不高兴。真见鬼!你的要求也太过分了。"

"你说得对,但是我没法控制自己,一想到这个人是她的情人,我心里就别扭。"

"不过,"普律当丝接着说,"先得看看他现在还是不是她的情人？只是用得着他罢了,仅此而已。

"两天以来,玛格丽特没有让他进门,今天早上他来,她没有办法,只能接受了他的包厢票,让他陪着去看戏,接着又送她回家,到她家里去坐一会儿。既然你在这儿等着,他不会久留的。依我看,这一切都是很平常的事。再说,你对公爵不是也容忍下来了吗?"

"是的,可是公爵是个老头儿呀,我拿得准玛格丽特不是他的情妇。再说,人们一般也只能容忍一个这样的关系,哪里还能容忍两个呢。行这种方便真像是一个圈套,同意这样做的男人,即便是为了爱情也罢,活像下层社会里用这种默许的方法去赚钱的人一样。"

"啊!我亲爱的,你太老脑筋了!我见过多少人而且还都是些最高贵,最英俊,最富有的人,他们都在做我劝你做的这种事。何况干这种事又不费什么力气,用不到害臊,大可问心无愧!这样的事司空见惯。而且作为巴黎的妓女,她们不同时有那么三四个情人的话,你要她们怎样来维持那样的排场呢?不可能有谁有一笔那么巨大的家产来独力承担像玛格丽特那样一个姑娘的花费的。每年有五十万法郎的收入,在法国也可算是一个大财主了。可是,我亲爱的朋友,有了五十万法郎的年金还是应付不了,这是因为:一个有这样一笔进款的男人,总有一座豪华的住宅,还有一些马匹、仆役、车辆,还要打打猎,还要应酬交际。一般说一个这样的人总是结过婚的,他有孩子,要跑马,要赌钱,要旅行,谁知道他还要干些什么!这些生活习惯已经根深蒂固,一旦改变,别人就要以为他破产了,就会有流言蜚语。这样算下来,这个人即使每年有五十万法郎的收入,他一年里面花在一个女人身上的钱决不能超过四万到五万法郎,这已经是相当多的了。那么,这个女人就需要别的情人来弥补她开支的不足,玛格丽特已经算是不错的了,像天上掉下了奇迹似的遇上了一个有万贯家财的老头儿,他的妻子和女儿又都死掉了,他的那些侄子外甥自己也很有钱。因此玛格丽特可以有求必应,不必付什么代价,但即便他是这么一个大富翁,每年也至多给她七万法郎,而且我可以断定,假如玛格丽特再要求得多一些,尽管他家大业大,并且也疼爱她,他也会拒绝的。

"在巴黎,那些一年只有两三万法郎收入的年轻人,也就是说,那些勉强能够维持他们自己那个圈子里的生活的年轻人,如果他们有一个像玛格丽特那样的女人做情妇的话,他们心里很明白,他们给她的钱还不够付她的房租和仆役的工资。他们不会对她说他们知道这些情况,他们视而不见,装聋作哑,当他们玩够了,就一走了之。如果他们爱好虚荣,想负担一切开销,那就会像个傻瓜似的落得个身败名裂,在巴黎留下十万法郎的欠债,最后跑到非洲去送掉性命完事。你以为那些女人就会因此而感激他们吗?根本不会;相反,她们会说她们为了他们而牺牲了自己的利益,会说在他们相好的时候,倒贴了他们钱财。啊!你觉得这些事很可耻,是吗?这些都是事实。你是一个可爱的青年,我从心底里喜欢你,我在妓女圈子里已经混了二十个年头了,我知道她们是些什么人,也知道应该怎样来看待她们,因此我不愿意看到你把一个漂亮姑娘的逢场作戏当了真。

"再说,除此之外,"普律当丝继续说,"如果公爵发现了你们的私情,要她在你和他之间选择,而玛格丽特因为爱你而放弃了伯爵和公爵,那么她为你作出的牺牲就太大了,这是无可争辩的事实,你能为她作出同样的牺牲吗?你?当你感到厌烦了,当你不再需要她的时候,你怎样来赔偿她为你蒙受的损失呢?什么也没有!你可能会把她和她那个天地隔绝开来,那个天地里有她的财产和她的前途,她也可能把她最美好的岁月给了你,而你却会把她忘得一干二净。倘若你是一个普通的男人,那么你就会揭她过去的伤疤,对她说你也只不过像她过去的情人那样离开了她,使她陷入悲惨的境地;或者你是一个有良心的人,觉得有责任把她留在身边,那么你就要为自己招来不可避免的不幸。因为,这种关系对一个年轻人来说是可以原谅的,但对一个成年人来说就不一样了。这种男人们的第二次、也是最后一次的爱情,成了你一切事业的累赘,它不容于家庭,也使你丧失雄心壮志。所以,相信我的话吧,我的朋友,你要实事求是些,是什么样的女人就当什么样的女人来对待,无论在哪一方面,也不要让自己去欠一个妓女的情分。"

普律当丝说得合情合理,很有逻辑,这是出乎我意料的。我无言以对,只是觉得她说得对,我握住她的手,感谢她给我的忠告。

"算了,算了,"她对我说,"丢开这些讨厌的大道理,开开心心做人吧,生活是美好的,亲爱的,就看你对人生抱什么态度。喂,去问问你的朋友加斯东吧,我对爱情有这样的看法,就是受了他的影响;这一点你总该相信,不然你就要成为一个不知趣的孩子了。因为隔壁还有一个美丽的姑娘正在不耐烦地等她家里的客人离开,她在想你,今天晚上她要和你一起过,她爱你,我对此有充分把握。现在,你跟我一起到窗口去吧,等着瞧伯爵离开,他很快就会让位给我们的。"

普律当丝打开一扇窗子,我们肩并肩地倚在阳台上。

我望着路上稀少的行人,脑子里却杂念丛生。

听了她刚才对我讲的一番话,我心乱如麻,但是我又不能不承认她说得有道理,然而我对玛格丽特的一片真情,很难和她讲的这些道理联系得上,因此我不时地唉声叹气,普律当丝听见了,就回过头来向我望望,耸耸肩膀,活像一个对病人失去信心的医生。

"由于感觉的迅速,"我心里想,"因此我们就感到人生是那么短促!我认识玛格丽特只不过两天,昨天开始她才成了我的情妇,但她已经深深地印在我的思想、我的心灵和我的生命里,以致这位G伯爵的来访使我痛苦万分。"

伯爵终于出来了,坐上马车走了。普律当丝关上了窗子。

就在这个时候玛格丽特叫我们了。

"快来,刀叉已经摆好,"她说,"我们就要吃夜宵了。"

当我走进玛格丽特家里的时候,她忙向我跑来,搂住我的脖子,使劲地吻我。

"我们还老是要闹别扭吗?"她对我说。

"不,以后不闹了,"普律当丝回答说,"我跟他讲了一通道理,他答应要听话了。"

"那太好了。"

我的眼睛不由自主地向床上望去,床上没有凌乱的迹象;至于玛格丽特,她已经换上了白色的晨衣。

大家围着桌子坐了下来。

娇媚、温柔、多情,玛格丽特什么也不缺,我不得不时时提醒自己,我没有权利再向她要求什么了。任何人处在我的地位一定会感到无限幸福,我像维吉尔笔下的牧羊人一样,坐享着一位天神、更可以说是一位女神赐给我的欢乐。

我尽力照普律当丝的劝告去办,强使自己跟那两个女伴一样快乐;她们的感情是自然的,我却是硬逼出来的。我那神经质的欢笑几乎像哭一样,她们却信以为真。

吃完夜宵以后,只剩下我跟玛格丽特两个人了,她像往常一样,过来坐在炉火前的地毯上,愁容满面地望着炉子里的火焰。

她在沉思!想些什么?我不得而知,我怀着恋情,几乎还带着恐惧地望着她,因为我想到了自己准备为她忍受的痛苦。

"你知道我在想什么?"

"不知道。"

"我在想办法,我已经想出来了。"

"什么办法?"

"现在我还不能告诉你,但是我可以把这件事的结果告诉你。那就是一个月以后我就可以自由了,我将什么也不欠,我们可以一起到乡下避暑去了。"

"难道你就不能告诉我用的是什么办法吗?"

"不能,只要你能像我爱你一样地爱我,那一切定能成功。"

"那么这个办法是你一个人想出来的吗?"

"是的。"

"而且由你一个人去办吗?"

"由我一个人来承受烦恼,"玛格丽特微笑着对我说,这种微笑是我永远也忘不了的,"但是由我们来共同分享好处。"

听到"好处"这两个字我不禁脸红了,我想起了玛侬·莱斯科和德·格里欧两人一起把B先生当作冤大头①的事。

我站起身来,用稍嫌生硬的语气回答说:

"亲爱的玛格丽特,请允许我只分享我自己想出的办法的好处,而且是由我自己参加的事情中所得到的好处。"

"这是什么意思?"

"这意思是,我非常怀疑G伯爵在这个美妙的办法里面是不是你的合伙人,对于这个办法我既不负担责任,也不享受它的好处。"

"你真是个孩子,我还以为你是爱我的哩,我想错了,那么好吧。"

说到这里,她站了起来,打开钢琴开始弹那首《邀舞曲》,一直弹到她总是弹不下去的那段有名的大调为止。

不知道她是习惯于弹这支乐曲呢、还是为了要我回想起我们相识那天的情景,我所记得的,就是一听到这个曲调以后,往事就浮现在我的脑海之中,于是,我向她走过去,用双手捧住她的头吻了吻。

"你原谅我吗?"我对她说。

"你瞧,"她对我说,"我们相识才两天,而我已经有些事情要原谅你了,你说过要盲目服从我,但你说话不算数。"

"你叫我怎么办呢,玛格丽特,我太爱你了,我对你任何一点想法都要猜疑,你刚才向我提到的事使我快乐得心花怒放,但是对实行这个计划的神秘性却使我感到难受。"

"看你,冷静一点吧,"她握着我两只手说,同时带着一种

---

① 《玛侬·莱斯科》这本小说里的一个情节。玛侬瞒着她的情人,和B先生来往,诈骗B先生的钱财。

114

使我无法抗拒的媚人的微笑凝视着我,"你爱我,是吗?那么如果就你和我两个人在乡下过三四个月,你会感到高兴的吧。我也一样,能够过几天只有我们两个人的那种清静生活,我将觉得很幸福。我不但觉得幸福,而且这种生活对我的健康也有好处。要离开巴黎这么长时间,总得先把我的事情安排一下,像我这样一个女人,杂事总是很多的。好吧,我总算有了法子来安排一切,安排我的那些杂事和我对你的爱情,是的,对你的爱情,请别笑,我爱你爱得发疯呢!而你现在却神气得很,说起大话来啦。真是孩子气,十足的孩子气,你只要记住我爱你,其他你什么也不要管。同意吗?嗯?"

"你想做的我都同意,这你是很清楚的。"

"那么,一个月以内,我们就可以到某个乡村去,在河边散步,喝鲜奶。我,玛格丽特·戈蒂埃说这样的话,你可能会感到奇怪吧,我的朋友。这种看来似乎使我十分幸福的巴黎生活,一旦不能激起我的热情,就会使我感到厌烦,因此我突然向往起能使我想起童年时代的那种安静生活。无论是谁都有他的童年时代。喔!你放心,我不会跟你说我是一个退役上校的女儿,或者说我是从圣德尼①培养出来的。我是一个乡下的穷姑娘,六年前我连自己的名字也不会写。这样你就放心了,是吗?那么为什么我有生以来第一次对你说要跟你分享我所得到的快乐。因为我看出你爱我是为了我,而不是为了你自己才爱我。而别人,从来就是为了他们自己而爱我。

"我过去经常到乡下去,但是从来不是我自己想去;对这一次唾手可得的幸福我就指着你了,别跟我闹别扭,让我得到

---

① 圣德尼,巴黎北部的一个小城市,那里有荣誉勋位团的女子学校。

这个幸福吧!你可以这样想:她活不长了,她第一次要求我做一件轻而易举的事我就不答应她,我以后会不会后悔呢?"

对这些话我还有什么话好说呢?尤其是我还在回味着第一夜的恩爱,盼望着第二夜到来的时候。

一个小时以后,玛格丽特已经躺在我的怀抱里,那时她即使要我去犯罪我也会听从的。

早晨六点钟我要走了,在走之前我问她说:

"今晚见吗?"

她热烈地吻我,但是没有回答我的话。

白天,我收到一封信,上面写着这样几句话:

> 亲爱的孩子:我有点不舒服,医生嘱咐我休息,今晚我要早些睡,我们就不见面了。但是为了给你补偿,明天中午我等你。我爱你。

我第一个念头就是:她在骗我!

我额头上沁出一阵冷汗,我已经深深地爱上了这个女人,因此这个猜疑使我心烦意乱。

然而,我应该预料到,跟玛格丽特在一起,这种事几乎每天都可能发生。这种事过去我和别的情人之间也经常出现,但是我都没有把它放在心上。那么这个女人对我的生命为什么有这样大的支配力呢?

这时候我想,既然我有她家里的钥匙,我何不就像平时一样去看她。这样我会很快知道真相,如果我碰到一个男人的话,我就打他的耳光。

这时,我到了香榭丽舍大街,在那里溜达了足足有四个小时,她没有出现。晚上,凡是她经常去的几家剧院我都去了,哪一家也没有她的影子。

十一点钟,我来到了昂坦街。

玛格丽特家的窗户里没有灯光,我还是拉了门铃。

看门人问我找哪一家。

"找戈蒂埃小姐家。"我对他说。

"她还没有回来。"

"我到上面去等她。"

"她家里一个人也没有。"

当然,既然我有钥匙,我可以不理睬这个不让我进去的禁令,但是我怕闹出笑话来,于是我就走了。

不过,我没有回家,我离不开这条街,我的眼睛一直盯着玛格丽特的房间。我似乎还想打听些什么消息,或者至少要使自己的猜疑得到证实。

将近午夜,一辆我非常熟悉的马车在九号门前停了下来。

G伯爵下了车,把马车打发走了以后,就进了屋子。

那时候,我巴望别人像对我一样地告诉他说玛格丽特不在家,巴望看见他退出来;但是一直等到早晨四点钟,我还在等着。

三个星期以来,我受尽痛苦,但是,和那一晚的痛苦比起来,那简直算不了一回事。

十四

一回到家里,我像个孩子似的哭了起来。凡是受过哪怕只有一次欺骗的男人就不会不知道我是多么痛苦。

我一肚子的怒火难忍,痛下决心:必须立即和这种爱情一刀两断。我迫不及待地等待着天明后去预订车票,回到我父亲和妹妹那儿去,他们两人对我的爱是没有疑问的,也绝不会是虚情假意。

但是我又不愿意在玛格丽特还没有弄清楚我离开她的原因之前就走。作为一个男人,只有在跟他的情人恩断义绝的时候才会不告而别。

我反复思考着应该怎样来写这封信。

我的这位姑娘和所有其他的妓女没有什么两样,以前我太抬举她了,她把我当小学生看待。为了欺骗我,她要了一个简单的手段来侮辱我,这难道还不清楚吗?这时,我的自尊心占了上风。必须离开这个女人,还不能让她因为知道了这次破裂使我很痛苦而感到高兴。我眼里噙着恼怒和痛苦的泪水,用最端正的字体给她写了下面这封信:

亲爱的玛格丽特:

我希望你昨天的不适对健康没有多大影响。昨天晚上十一点钟,我来打听过你的消息,有人回答说你还没有回来。G先生比我幸运,因为在我之后不久他就到你那儿去了,直到清晨四点钟他还在你那里。

请原谅我使你度过了一些难受的时刻,不过请放心,我永远也忘不了你赐给我的那段幸福时刻。

今天我本应该去打听你的消息,但是我要回到我父亲那里去了。

再见吧,我亲爱的玛格丽特,我希望自己能像一个百万富翁似地爱你,但是我力不从心;你希望我能像一个穷光蛋似地爱你,我却又不是那么一无所有。那么让我们大家都忘记了吧,对你来说是忘却一个对你几乎是无关紧要的名字,对我来说是忘却一个无法实现的美梦。

　　我奉还你的钥匙,我还未用过它,它对你会有用的,假如你经常像昨天那样不舒服的话。

你看到了,如果不狠狠地嘲笑她一下,我是无法结束这封信的,这证明我还是多么爱她啊。

我把这封信反复看了十来遍,想到这封信会使玛格丽特感到痛苦,我心里稍许平静了一些。我竭力使自己保持住信里装出来的感情。当我的仆人在八点钟走进我的房间时,我把信交给他,要他马上送去。

"是不是要等回信?"约瑟夫——我的仆人像所有的仆人一样都叫约瑟夫——问我。

"如果有人问你要不要回信,你就说你什么也不知道,但你要等着。"

我希望她会给我回信。

我们这些人是多么可怜,多么软弱啊!

在约瑟夫去送信的那段时间内,我心情激动到了顶点。一会儿我想起了玛格丽特是怎样委身于我的,我自问我究竟有什么权利写这样一封唐突无礼的信给她,她可以回答我说不是G先生欺骗了我,而是我欺骗了G先生,一些情人众多的女人都是这样为自己辩解的;一会儿我又想起了这个姑娘的誓言,我要使自己相信我的信写得还算客气,那里面并没有什么严厉的字句足以惩罚一个玩弄我纯洁的爱情的女人。随后,我又想还是不给她写信,而是在白天到她家里去的好,这样我就会因为看到她掉眼泪而感到痛快。

最后我寻思她将怎样答复我,我已经准备接受她即将给我的解释。

约瑟夫回来了。

"怎么样?"我问他。

"先生,"他回答我说,"夫人在睡觉,还没有醒,但是只要她拉铃叫人,就会有人把信给她,如果有回信,他们会送来的。"

她还睡着哪!

有多少次我几乎要派人去把这封信取回来,但是我总是这样想:

"信可能已经交给她了,如果我派人去取信的话,就显得我在后悔了。"

越是接近应该收到她回信的时刻,我越是后悔不应该写那封信。

十点,十一点,十二点都敲过了。

十二点的时候,我几乎要像什么事也没有发生过似的去赴约会了,最后我左思右想不知如何来挣脱这个使我窒息的束缚。

像有些心中有所期待的人一样,我也有一种迷信的想法,认为只要我出去一会儿,回来时就会看到回信。因为人们焦急地等待着的回信总是在收信人不在家的时候送到的。

我借口吃午饭上街去了。

我平时习惯在街角的富瓦咖啡馆用午餐,今天我却没有去,而宁愿穿过昂坦街,到王宫大街去吃午饭。每逢我远远看到一个妇人,就以为是拿尼纳给我送回信来了。我经过昂坦街,却没有碰到一个送信人。我到了王宫大街,走进了韦利饭店,侍者侍候我吃饭,更可以说他把想得到的菜全给我端来了,因为我没有吃。

我的眼睛不由自主地一直盯着墙上的时钟看。

我回到家里,深信马上就会收到玛格丽特的回信。

看门人什么也没有收到。我还希望信已经交给仆人,但是他在我出门后没有看到有谁来过。

如果玛格丽特给我写回信的话,她早就该给我写了。

于是,我对那封信里的措辞感到后悔了,我本来应该完全保持缄默,这样她可能会感到不安而有所行动;因为她看到我没有去赴上一天约好的约会就会问我失约的原因,只有在这时候我才能把原因告诉她;这样一来,她除了为自己辩解以外,没有其他的办法。而我所要的也就是她的辩解。我已经觉得,不管她提出什么辩解的理由,我都会相信的,只要能再见到她,我什么都愿意。

我还以为她会亲自登门,但是时间一小时一小时地过去,她并没有来。

玛格丽特的确与别的女人不一样,因为很少女人在收到像我刚才写的那样一封信以后会毫无反应。

五点钟,我奔向香榭丽舍大街。

"如果我遇到她的话,"我心里想,"我要装出一副满不在乎的样子,那么她就会相信我已经不再想她了。"

在王宫大街拐角上,我看见她乘着马车经过,这次相遇是那么突然,我的脸都发白了,我不知道她是否看出我内心的激动;我是那么慌张,只看到了她的车子。

我不再继续在香榭丽舍大街散步,而去浏览剧院的海报:我还有一个看到她的机会。

在王宫剧院,有一次首场演出,玛格丽特是必去无疑的。

我七点钟到了剧院。

所有的包厢都坐满了,但是玛格丽特没有来。

于是,我离开了王宫剧院,凡是她经常去的剧院我一家一家都跑遍了:伏德维尔剧院、瓦丽爱丹剧院、喜剧歌剧院。

到处都找不到她的影踪。

要么我的信使她过于伤心,她连戏都不想看了;要么她怕跟我见面,免得作一次解释。

这些都是我走在大街上时由虚荣心引起的想法。突然我碰到了加斯东,他问我从哪儿来。

"从王宫剧院来。"

"我从大歌剧院来,"他对我说,"我还以为你也在那里呢。"

"为什么?"

"因为玛格丽特在那儿。"

"啊!她在那儿吗?"

"在那儿。"

"一个人吗?"

"不是,跟一个女朋友在一起。"

"没有别人吗?"

"G伯爵到她包厢里待了一会儿,但是她跟公爵一块儿走了。我一直以为你也会去的。我旁边有一个位子今天晚上一直空着,我还以为这个座位是你订下的呢。"

"但是为什么玛格丽特到那儿去,我也得跟着去呢?"

"因为你是她的情人嘛,不对吗?"

"那是谁对你说的?"

"普律当丝呀,我是昨天遇到她的。我祝贺你,我亲爱的,这可是一个不太容易到手的漂亮情妇哪,别让她跑了,她会替你争面子的。"

加斯东这个简单的反应,说明我的敏感有多么可笑。

如果我昨天就遇到他,而且他也跟我这样讲的话,我肯定不会写早上那封愚蠢的信。

我几乎马上想到普律当丝家里去,要她去对玛格丽特说我有话对她说,但是我又怕她为了报复而拒绝接待我。于是,我又经过昂坦街回到了家里。

我又问了看门人有没有给我的信。

没有!

我躺在床上想:"她大概要看看我还会耍什么新花样,看看我是不是想收回我今天早上的信。但是她看到我没有再给她写信,明天她就会写信给我的。"

那天晚上我对自己的所作所为感到后悔莫及,我孤零零地待在家里,不能入睡,心里烦躁不安,妒火中烧。想当初如果听任事情自然发展的话,我此刻大概正偎依在玛格丽特的身旁,听着她的绵绵情话,这些话我总共才听到过两次,每当我一个人想起这些话时,我都会两耳发热。

那时候我觉得最可怕的就是:理智告诉我是我错了;事实证明玛格丽特是爱我的。第一,她准备跟我两个人单独到乡下去避暑;第二,没有任何原因迫使她做我的情妇。我的财产是不够她日常开销的,甚至还满足不了她一时兴起的零星开支。因此,她惟一有希望在我身上得到的是一种真诚的感情。她的生活充满了商业性的爱情,这种真诚的感情能使她得到休息。我却在第二天就毁了她这种希望,她两夜的恩情换来的是我无情的嘲笑。因此我的行为不但很可笑,而且很粗暴。我又没有付过她一个钱,哪有权利来谴责她的生活?我第二天就溜之大吉,这不就像一个情场上的寄生虫,生怕别人拿菜单要他付饭费么?怎么!我认识玛格丽特才三十六个小时,做她的情人才二十四个小时,我就在跟她怄气了!她能分身来爱我,我非但不感到幸福,还想一人独占她,强迫她一下子就割断她过去的一切关系,而这些关系是她今后的生活来源。我凭什么可以责备她?一点也没有。她完全可以和某些大胆泼辣的女人一样,直截了当地告诉我说她要接待另外一个情人,但她没有这样做,她写信对我说她不舒服。我没有相信她信里的话,我没有到除了昂坦街以外的巴黎各条街道上去溜达,我没有跟朋友们一起去消磨这个晚上,等到第二天在她指定的时间再去会她,却扮演起奥瑟罗①的角色来了,我窥视她的行动,自以为不再去看她是对她的惩罚。实际上恰恰相反,她应该为这种分离感到高兴,她一定觉得我愚蠢到极点,她的沉默甚至还谈不上是怨恨我,而是看不起我。

那么我是不是该像对待一个妓女似的送玛格丽特一件礼物,别让她怀疑我吝啬刻薄,这样我们之间就两讫了;但是我不愿我们的爱情沾上一点点铜臭味,否则的话,即使不是贬低了她对我的爱情,至少也是玷污了我对她的爱情。再说既然这种爱情是那么纯洁,容不得别人染指,那么更不能用一件礼品——不论这件礼品有多么贵重——来偿付它赐予的幸福——无论这个幸福是多么短暂。

这就是我那天晚上翻来覆去所想的,也是我随时准备要去向玛格丽特说的。

---

① 莎士比亚名剧《奥瑟罗》中的主角,后比喻所有嫉妒、多疑和凶暴的丈夫。

一直到天亮我还没有睡着,我发烧了,除了玛格丽特外我什么都不想。

你也懂得,必须做出果断的决定:要么跟这个女人一刀两断;要么从此不再多心猜疑,如果她仍然肯接待我的话。

但是你也知道,在下决心以前总是要踌躇再三的。我在家里待不住,又不敢到玛格丽特那里去,我就想法子去接近她,一旦成功的话,就可以说是出于偶然,这样我的面子也能保住了。

九点钟到了,我匆匆赶到普律当丝家里,她问我一清早去找她有什么事。

我不敢直率地告诉她我是为什么去的,我只是告诉她我一大早出门是为了在去C城的公共马车上订一个座位,我父亲住在C城。

"能在这样的好天气离开巴黎,"她对我说,"你真是好运气。"

我望望普律当丝,寻思她是不是在讥笑我。

但是她脸上是一本正经的。

"你是去向玛格丽特告别吗?"她又接着说,脸上还是那么一本正经。

"不是的。"

"这样很好。"

"你以为这样好吗?"

"当然啦,既然你已经跟她吹了,何必再去看她呢?"

"那么你知道我们吹了?"

"她把你的信给我看了。"

"那么她对你说什么啦?"

"她对我说:'亲爱的普律当丝,你那位宝贝不懂礼貌,这种信只能在心里想想,哪能写出来呢。'"

"她是用什么语气对你说的?"

"是笑着说的,她还说:'他在我家里吃过两次夜宵,连上门道谢都还没有来过呢。'"

这就是我的信和我的嫉妒所产生的结果。我在爱情方面的虚荣心受到了残酷的损害。

"昨天晚上她在干什么?"

"她到大歌剧院去了。"

"这我知道,后来呢?"

"她在家里吃夜宵。"

"一个人吗?"

"我想,是跟G伯爵一起吧。"

这样说来我和她的决裂丝毫没有改变玛格丽特的习惯。

遇到这样的情况,有些人就会对你说:

"决不要再去想这个不爱你的女人了。"

我苦笑着继续说:"好吧,看到玛格丽特没有为我而感到难过,我很高兴。"

"她这样做是很合情理的。你已经做了你应该做的事,你比她更理智些,因为这个姑娘爱着你,她一张口就谈到你,她什么蠢事都做得出来的。"

"既然她爱我,为什么不给我写回信呢?"

"因为她已经知道她是不该爱你的。再说女人们有时候能容忍别人在爱情上欺骗她们,但决不允许别人伤害她们的自尊心,尤其是一个人做了她两天情人就离开她,那么不管这次决裂原因何在,总是要损害一个女人的自尊心的。我了解玛格丽特,她宁死也不会给你写回信的。"

"那么我该怎么办呢?"

"就此拉倒,她会忘记你,你也会忘记她,你们双方谁也别埋怨谁。"

"但是如果我写信求她饶恕呢?"

"千万不要这样做,她可能会原谅你的。"

我差一点跳起来搂住普律当丝的脖子。

一刻钟以后,我回到家里,接着就给玛格丽特写信。

> 有一个人对他昨天写的信表示后悔,假使你不宽恕他,他明天就要离开巴黎,他想知道什么时候可以拜倒在你脚下,倾诉他的悔恨。

> 什么时候你可以单独会见他?因为你知道,做忏悔的时候是不能有旁人在场的。

我把这封用散文写的情诗折了起来,差约瑟夫送去,他把信交给了玛格丽特本人,她回答说她过一会儿就写回信。

我一直没有出门,只是在吃饭的时候才出去了一会儿,一直到晚上十一点我还没有收到她的回信。

我不能再这样痛苦下去了,决定明天就动身。

由于下了这个决心,我深知即便躺在床上,我也是睡不着的,我便动手收拾行李。

十五

我和约瑟夫为我动身做准备,忙了将近一个小时,突然有人猛拉我家的门铃。

"要不要开门?"约瑟夫问我。

"开吧。"我对他说,心里在嘀咕谁会在这种时候上我家来,因为我不敢相信这会是玛格丽特。

"先生,"约瑟夫回来对我说,"是两位太太。"

"是我们,阿尔芒。"一个嗓子嚷道,我听出这是普律当丝的声音。

我走出卧室。

普律当丝站着观赏我会客室里的几件摆设,玛格丽特坐在沙发椅里沉思。

我进去以后径直向她走去,跪下去握住她的双手,激动万分地对她说:"原谅我吧。"

她吻了吻我的前额对我说:

"这已经是我第三次原谅你了。"

"我明天就要走了。"

"我的来访怎么会改变你的决定呢?我不是来阻止你离开巴黎的。我来,是因为我白天没有时间给你写回信,又不愿意让你以为我在生你的气。普律当丝还不让我来呢,她说我也许会打扰你的。"

"你,打扰我,你,玛格丽特!怎么会呢?"

"当然啰!你家里可能有一个女人,"普律当丝回答说,"她看到又来了两个可不是好玩的。"

在普律当丝发表她的高见时,玛格丽特注意地打量着我。

"我亲爱的普律当丝,"我回答说,"你简直是在胡扯。"

"你这套房间布置得很漂亮,"普律当丝抢着说,"我们可以看看你的卧室吗?"

"可以。"

普律当丝走进我的卧室,她倒并非真要参观我的卧室,而是要掩饰她刚才的失言,这样就留下玛格丽特和我两个人了。

于是我问她:"你为什么要带普律当丝来?"

"因为看戏时她陪着我,再说离开这里时也要有人陪我。"

"我不是在这儿吗?"

"是的,但是一方面我不愿意麻烦你,另一方面我敢肯定你到了我家门口就会要求上楼到我家,而我却不能同意,我不愿意因我的拒绝而使你在离开我时又有了一个埋怨我的权利。"

"那么你为什么不能接待我呢?"

"因为我受到严密的监视,稍不注意就会铸成大错。"

"仅仅是这个原因吗?"

"如果有别的原因,我会对你说的,我们之间不再有什么秘密了。"

"嗳,玛格丽特,我不想拐弯抹角地跟你说话,老实说吧,你究竟有些爱我吗?"

"爱极了。"

"那么,你为什么欺骗我?"

"我的朋友,倘若我是一位什么公爵夫人,倘若我有二十万里弗年金,那么我在做了你的情妇以后又有了另外一个情人的话,你也许就有权利来问我为什么欺骗你;但是我是玛格丽特·戈蒂埃小姐,我有的是四万法郎的债务,没有一个铜子的财产,而且每年还要花上十万法郎,因此你的问题提得毫无意义,我回答你也是白费精神。"

"真是这样,"我的头垂在玛格丽特的膝盖上说,"但是我发疯似的爱着你。"

"那么,我的朋友,你就少爱我一些,多了解我一些。你的信使我很伤心,如果我的身子是自由的,首先我前天就不会接待伯爵,即使接待了他,我也会来求你原谅,就像你刚才求我原谅一样,而且以后除了你我也不会再有其他情人了。有一阵子我以为我也许能享受到六个月的清福,你又不愿意,你非要知道用的是什么方法,啊,天哪!用什么方法还用问吗?我采用这些方法时所作的牺牲比你想象的还要大,我本来可以对你说:我需要两万法郎;你眼下正在爱我,兴许会筹划到的,等过后可能就要埋怨我了。我情愿什么都不麻烦你,你不懂得我对你的体贴,因为这是我的一番苦心。我们这些女人,在我们还有一点良心的时候,我们说的话和做的事都有深刻的含义,这是别的女人所不能理解的;因此我再对你说一遍,对玛格丽特·戈蒂埃来说,她所找到的不向你要钱又能还清债务的方法是对你的体贴,你应该默不作声地受用的。如果你今天才认识我,那么你会对我答应你的事感到非常幸福,你也就不会盘问我前天干了些什么事。有时候我们被迫牺牲肉体以换得精神上的满足,但当精神上的满足也失去了以后,我们就更加觉得痛苦不堪了。"

我带着赞赏的心情听着和望着玛格丽特。当我想到这个人间尤物,过去我曾渴望吻她的脚,现在她却让我看到了她的思想深处,并让我成为她生活中的一员,而我现在对此却还不满意,我不禁自问,人类的欲望究竟还有没有个尽头。我这样快地实现了我的梦想,可我又在得寸进尺了。

"这是真的,"她接着说,"我们这些受命运摆布的女人,我们有一些古怪的愿望和不可思议的爱情。我们有时为了某一件事,有时候又为了另一件事而委身于人。有些人为我们倾家荡产,却一无所得,也有些人只用一束鲜花就换得了我们。我们凭一时高兴而随心所欲,这是我们仅有的消遣和惟一的借口。我委身于你比谁都快,这我可以向你起誓,为什么呢?因为你看到我吐血就握住我的手,还流了眼泪,因为你是惟一真正同情我的人。我要告诉你一个笑话:从前我有一只小狗,当我咳嗽的时候,它总是用悲哀的神气瞅着我,它是我惟一喜爱过的生物。

"它死的时候,我哭得比死了亲娘还要伤心,我的的确确挨了我母亲十二年的打骂。就这样,我一下子就爱上了你,就像爱上了我的狗一样。如果男人们都懂得用眼泪可以换到些什么,他们就会更讨人的喜爱,我们也不会这样挥霍他们的钱财了。

"你的来信暴露了你的真相,这封信告诉我你的心里并不明白,从我对你的爱情来说,不管你对我做了什么事,也没有比这封信给我的伤害更大的了,要说这是嫉妒的结果,这也是真的,但是这种嫉妒是很可笑的,也是很粗暴的。当我收到你来信时,我已经够难受的了,本来我打算到中午去看你,和你一起吃午饭,只有在看到你以后,我才能抹掉始终纠缠在我脑海里的一些想法,而在认识你以前,这些事我是根本不当一回事的。

"而且,"玛格丽特继续说,"我相信也只有在你面前,我才可以坦诚相见,无所不谈。那些围着像我一样的姑娘转的人都喜欢对她们的一言一语寻根究底,想在她们无意的行动里找出什么含义来。我们当然没有什么朋友,我们有的都是一些自私自利的情人,他们挥霍钱财并非像他们所说的是为了我们,而是为了他们自己的虚荣心。

"对于这些人,当他们开心的时候,我们必须快乐;当他们要吃夜宵的时候,我们必须精力充沛;当他们猜疑时,我们也要猜疑。我们这些人是不能有什么良心的,否则就要被嘲骂,就要被诋毁。

"我们已经身不由己了,我们不再是人,而是没有生命的东西。为他们争面子的时候,我们排在第一位,要得到他们尊重的时候,我们排在最后面。我们有一些女朋友,但都是像普律当丝那样的女朋友,她们过去也是妓女,挥霍惯了,但现在人老了,不允许她们这样做了,于是,她们成了我们的朋友,更可以说成了我们的食客。她们的友情甚至到了供驱使的地步,但从来也到不了无私的程度。她们总是给你出些怎样捞钱的点子。只要她们能借此赚到一些衣衫和首饰,能经常乘着我们的马车出去逛逛,能坐在我们的包厢里看戏,我们即使有十多个情人也不关她们的事。她们拿去了我们前一天用过的花束,借用我们的开司米披肩。即使是一件芝麻绿豆大的小事,她们也要求我们双倍的谢礼,否则她们是不会为我们效劳的。那天晚上你不是亲眼看见了吗?普律当丝给我拿来了六千法郎,这是我请她到公爵那里替我要来的。她向我借去了五百法郎,这笔钱她是永远不会还我的,要么还我几顶决不会从盒子里拿出来的帽子。

"因此我们,或者不如说我,只能够有一种幸福,这就是找一个地位高的男人。像我这样一个多愁善感、日夜受病痛折磨的苦命人,惟一的幸福也就是这个。我所找的这个人不来打听我的生活,而且是个重感情轻肉欲的情人。我过去找到过这个人,就是公爵,但公爵年事已高,既不能保护我又不能安慰我。我原以为能够接受他给我安排的生活,但是你叫我怎么办呢?我真厌烦死了。假如一个人注定要受煎熬而死,跳到大火中去烧死和用煤气来闷死不都是一个样吗!

"那时候,我遇到了你,你年轻、热情、快乐,我想使你成为我在表面热闹实际寂寞的生活中寻找的人。我在你身上所爱的,不是现在的人,而是以后应该变成的人。你不接受这个角色,认为这个角色对你不适合而拒不接受,那么你也不过是一个一般的情人;你就像别人一样付钱给我吧,别再谈这些事了。"

说过这段长长的表白后,玛格丽特很疲乏,她靠在沙发椅背上,为了忍住一阵轻微的咳嗽,她把手绢按在嘴唇上,甚至把眼睛都蒙上了。

"原谅我,原谅我,"我喃喃地说,"一切我全明白了,但是我愿意听你把这些说出来,我最最亲爱的玛格丽特,我们只要记住一件事,把其余的丢在脑后吧;那就是我们永不分离,我们年纪还很轻,我们相亲相爱。

"玛格丽特,随便你把我怎样都行,我是你的奴隶,你的狗;但是看在上天的份上,把我写给你的信撕掉吧,明天别让我走,否则我要死的。"

玛格丽特把我给她的信从她衣服的胸口里取出来,还给了我,她带着一种难以形容的微笑对我说:

"看,我把信给你带来了。"

我撕掉了信,含着眼泪吻着她向我伸过来的手。

这时候普律当丝又来了。

"你说,普律当丝,你知道他要求我什么事?"玛格丽特说。

"他要求你原谅。"

"正是这样。"

"你原谅了吗?"

"当然啰,但是他还有一个要求。"

"什么要求?"

"他要和我们一起吃夜宵。"

"你同意了吗?"

"你看呢?"

"我看你们两个都是孩子,都很幼稚,但是我现在肚子已经很饿了,你们早一点讲好,我们就可以早一点吃夜宵。"

"走吧,"玛格丽特说,"我们三个人一齐坐我车子去好啦。""喂!"她转身对我说,"拿尼纳就要睡觉了,你拿了我的钥匙去开门,注意别再把它丢了。"

我紧紧地拥抱着玛格丽特,差一点把她给闷死。

这时候约瑟夫进来了。

"先生,"他自鸣得意地说,"行李捆好了。"

"全捆好了吗?"

"是的,先生。"

"那么,打开吧,我不走了。"

十六

阿尔芒接下去对我说:"我本来可以把我们结合的起因简单扼要地讲给你听,但是我想让你知道是通过了哪些事件、经历了哪些曲折,我才会对玛格丽特百依百顺,玛格丽特才会把我当作她生活中必不可少的伴侣。"

就在她来找我的那个晚上的第二天,我把《玛侬·莱斯科》送给了她。

从此以后,因为我不能改变我情妇的生活,就改变我自己的生活。首先我不让脑子有时间来考虑我刚才接受的角色,因为一想到这件事,我总是不由自主地感到十分难受。过去我的生活一直是安静清闲的,现在突然变得杂乱无章了。别以为一个不图钱财的妓女的爱情,花不了你多少钱。她有千百种嗜好:花束、包厢、夜宵、郊游,这些要求对一个情妇是永远不能拒绝的,而又都是很花钱的。

我对你说过了,我是没有财产的。我父亲过去和现在都是C城的总税务员,他为人正直,名声极好,因此他借到了担任这个职位所必需的保证金。这个职务给他每年带来四万法郎的收入,十年做下来,他已偿还了保证金,并且还替我妹妹攒下了嫁妆。我父亲是一个非常值得尊敬的人。我母亲去世后留下了六千法郎的年金,他在谋到他所企求的职务那天就把这笔年金平分给我和我妹妹了。后来在我二十一岁那年,父亲又在我那笔小小的收入上增加了一笔每年五千法郎的津贴费,我就有了八千法郎一年。他对我说如果在这笔年金收入之外,我还愿意在司法界或者医务界里找一个工作的话,那么我在巴黎的日子就可以过得很舒服。因此我来到了巴黎,攻读法律,得到了律师的资格,就像很多年轻人一样,我把文凭放在口袋里,让自己稍许过几天巴黎那种懒散的生活。我非常省吃俭用,可是全年的收入只够我八个月的花费。夏天四个月我在父亲家里过,这样合起来就等于有一万两千法郎的年金收入,还赢得了一个孝顺儿子的声誉,而且我一个铜子的债也不欠。

这就是我认识玛格丽特时候的景况。

你知道我日常开销自然而然地增加了,玛格丽特是非常任性的。有些女人把她们的生活寄托在各种各样的娱乐上面,而且根本不把这些娱乐看做是什么了不起的花费。玛格丽特就是这样的女人。结果,为了尽可能跟我在一起多待些时间,她往往上午就写信约我一起吃晚饭,并不是到她家里,而是到巴黎或者郊外的饭店。我去接她,再一起吃饭,一起看戏,还经常一起吃夜宵,我每天晚上要花上四五个路易,这样我每月就要有二千五百到三千法郎的开销,一年的收入在三个半月内就花光了,我必须借款,要不然就得离开玛格丽特。

可是我什么都可以接受,就是不能接受这后一个可能性。

请原谅我把这么许多琐碎的细节都讲给你听,可是你下面就会看到这些琐事和以后即将发生的事情之间的关系。我讲给你听的是一个真实而简单的故事,我就让这个故事保持它朴实无华的细节和它简单明了的发展过程。

因此我懂得了,由于世界上没有任何东西可以使我忘掉我的情妇,我必须找到一个方法来应付我为她而增加的花费。而且,这个爱情已使我神魂颠倒,只要我离开玛格丽特,我就度日如年,我感到需要投身于某种情欲来消磨这些时间,要让日子过得异常迅速来使我忘却时间的流逝。

我开始在我的小小的本金中借了五六千法郎,我开始赌钱了。自从赌场被取缔以后,人们到处都可以赌钱。从前人们一走进弗拉斯卡第赌场,就有发财的机会。大家赌现钱,输家可以自我安慰地说他们也有赢的机会;而现在呢,除了在俱乐部里,输赢还比较认真以外,换了在别的地方,如果赢到一大笔钱,几乎肯定是拿不到的。原因很容易理解。

赌钱的人,总是那些开支浩大又没有足够的钱维持他们所过的生活的年轻人。他们赌钱的结果必然是这样的:如果他们赢了,那么输家就替那些先生的车马和情妇付钱,这是很难堪的。于是债台高筑,赌桌绿台布周围建立起来的友谊在争吵中宣告破裂,荣誉和生命总要受到些损伤;如果你是一个诚实的人,那么你就会被一些更加诚实的年轻人搞得不名一文,这些年轻人没有别的错误,只不过是少了二十万里弗的年金收入。

至于那些在赌钱时做手脚的人,我也不必跟你多说了,他们总有一天会混不下去,迟早会得到惩罚。

我投身到这个紧张、混乱和激烈的生活中去了,这种生活我过去连想想都觉得害怕,现在却成了我对玛格丽特爱情的不可缺少的补充,叫我有什么办法呢?

如果哪天夜晚我不去昂坦街,一个人待在家里的话,我是睡不着的。我妒火中烧,无法入睡,我的思想和血液如同在燃烧一般,而赌博可以暂时转移我心中燃烧着的激情,把它引向另一种热情,我不由自主地投身到里面去了,一直赌到我应该去会我情妇的时间为止。因此,从这里我就看到了我爱情的强烈,不管是赢是输,我都毫不留恋地离开赌桌,并为那些仍旧留在那里的人感到惋惜,他们是不会像我一样在离开赌桌的时候带着幸福的感觉的。

对大部分人来说,赌博是一种需要,对我来说却是一服药剂。

如果我不爱玛格丽特,我也不会去赌博。

因此,在赌钱的过程中,我能相当冷静,我只输我付得出的钱,我只赢我输得起的钱。

而且,我赌运很好。我没有欠债,但花费却要比我没有赌钱以前多三倍。这样的生活可以让我毫无困难地满足玛格丽特成千种的任性要求,但要维持这种生活却是不容易的。就她来说,她一直跟以前一样地爱我,甚至比以前更爱我了。

我刚才已经跟你说过,开始的时候她只在半夜十二点到第二天早晨六时之间接待我,接着她允许我可以经常进入她的包厢,后来她有时还来跟我一起吃晚饭。有一天早晨我到八点钟才离开她,还有一天我一直到中午才走。

在期待着玛格丽特精神上的转变时,她的肉体已经发生了变化。我曾经设法替她治病,这个可怜的姑娘也猜出了我的意图,为了表示她的感谢就听从了我的话。我没有费什么周折就使她几乎完全放弃了她的老习惯。我让她去找的那一位医生对我说只有休息和安静才能使她恢复健康,于是我对她的夜宵订出了合乎卫生的饮食制度,对她的睡眠规定了一定的时间。玛格丽特不知不觉地习惯了这种新的生活方式,她自己也感到这种生活方式对她的健康有益。有几个晚上她开始在自己家里度过,或者遇到好天气的时候,就裹上一条开司米披肩,罩上面纱,我们像两个孩子似的在香榭丽舍大街昏暗的街道上漫步。她回来的时候有些疲劳,稍许吃一些点心,弹一会儿琴,或者看一会儿书便睡觉了。这样的事她过去是从来未曾有过的。从前我每次听到都感到心痛的那种咳嗽几乎完全消失了。

六个星期以后,伯爵已经不成问题,完全被抛在脑后了,只是对公爵我不得不对他继续隐瞒我跟玛格丽特的关系;然而当我在玛格丽特那里的时候,公爵还是经常被打发走的,借口是夫人在睡觉,不准别人叫醒她。

结果是养成了玛格丽特需要和我待在一起的习惯,这甚至变成了一种需要,因此我能正好在一个精明的赌徒应该滑脚的时候离开赌台。总之,因为总是赢钱,我发现手里已有万把法郎,这笔钱对我来说似乎是一笔取之不尽的财产。

习惯上我每年要去探望父亲和妹妹的时间来到了,但是我没有去,因此我经常收到他们两人要我回家的信。

对这些催我回家的来信,我全都婉转得体地一一答复,我总是说我身体很好,我也不缺钱花。我认为这两点或许能使父亲对我迟迟不回家探亲稍许得到些安慰。

在这期间,一天早上,玛格丽特被强烈的阳光照醒了,她跳下床来问我愿不愿意带她到乡下去玩一天。

我们派人去把普律当丝找来,玛格丽特嘱咐拿尼纳对公爵说,她要趁这阳光明媚的天气跟迪韦尔努瓦太太一起到乡下去玩。随后我们三人就一起走了。

有迪韦尔努瓦在场,可以使老公爵放心,除此之外,普律当丝好像生来就是一个专门参加郊游的女人。她整天兴致勃勃,加上她永远满足不了的胃口,有她做伴绝不会有片刻烦闷,而且她还精通怎样去订购鸡蛋、樱桃、牛奶、炸兔肉以及所有那些巴黎郊游野餐必不可少的传统食物。

我们只要知道上哪儿去就行了。

这个使我们踌躇不决的问题又是普律当丝替我们解决了。

"你们是不是想到一个名副其实的乡下去呀?"她问。

"是的。"

"那好,我们一起去布吉瓦尔①,到阿尔努寡妇的曙光饭店去。阿尔芒,去租一辆四轮马车。"

一个半小时以后,我们到了阿尔努寡妇的饭店。

你也许知道这个饭店,它一个星期有六天是旅馆,星期天是咖啡馆。它有一个花园,有一般二层楼那么高,在那里远眺,风景非常优美。左边是一望无际的马尔利引水渠,右边是连绵不断的小山岗;在加皮荣平原和克罗瓦西岛之间,有一条银白色的小河,它在这一带几乎是停滞的,像一条宽大的白色波纹缎带似的向两面伸展开去。两岸高大的杨树在随风摇曳,柳树在喃喃细语,不停地哄着小河入睡。

远处矗立着一片红瓦白墙的小房子,还有些工厂,它们在灿烂的阳光照耀下,更增添了一层迷人的色彩。至于这些工厂枯燥无味的商业化特点,由于距离较远就无法看清了。

极目远眺,是云雾笼罩下的巴黎。

就像普律当丝对我们讲的那样,这是一个真正的乡村,而且,我还应该这样说,这是一顿真正的午餐。

倒不是因为我感谢从那里得到了幸福才这样说的。可是布吉瓦尔,尽管它的名字难听,还是一个人们理想的风景区。我旅行过不少地方,看见过很多壮丽的景色,但是没有看到过比这个怡静地坐落在山脚下的小乡村更优美的地方了。

阿尔努夫人建议我们去泛舟游河,玛格丽特和普律当丝高兴地接受了。

人们总是把乡村和爱情联系起来,这是很有道理的。没有比这田野或者树林里的蓝天、芳香、鲜花、微风、树林和田野

---

① 布吉瓦尔,巴黎西部的一个小村镇。

中的明亮的僻静更能和你心爱的女人相配了。不论你多么爱一个女人,不论你多么信任她,不论她过去的行为可以保证她将来的忠实,你多少总会有些妒意的。如果你曾经恋爱过,认认真真地恋爱过,你一定会感到必须把你想完全独占的人与世界隔绝。不管你心爱的女人对周围的人是如何冷若冰霜,只要她跟别的男人和事物一接触,似乎就会失去她的香味和完整。这是我比别人体会更深的。我的爱情不是一种普通的爱情,我像一个普通人恋爱时所能做的那样恋爱着,但是我爱的是玛格丽特·戈蒂埃,这就是说在巴黎,我每走一步都可能碰到一个曾经做过她情人的人,或者是即将成为她情人的人。而在乡下,我们完全置身于那些我们从来没有遇到过也不关心我们的人中间,在这一年一度、春意盎然的大自然怀抱中;在远离城市的喧闹声的地方,我可以藏着爱情,而用不到带着羞耻、怀着恐惧地去爱。

妓女的形象在这里渐渐消失了。我身旁是一个叫做玛格丽特的年轻美貌的女人,我爱她,她也爱我,过去的一切已经没有痕迹,未来是一片光明。太阳就像照耀着一个最纯洁的未婚妻似的照耀着我的情妇。我们双双在这富有诗意的地方散步,这些地方仿佛造得故意让人回忆起拉马丁①的诗句和斯居杜②的歌曲。玛格丽特穿一件白色的长裙,斜依在我的胳臂上。晚上,在繁星点点的苍穹下,她向我反复絮叨着她前一天对我说的话。远处,城市仍在继续它喧闹的生活,我们的青春和爱情的欢乐景象丝毫不受它的沾染。

---

① 拉马丁(1790—1869),法国十九世纪浪漫主义诗人。
② 斯居杜(1806—1864),法国十九世纪作曲家、音乐理论家。

这就是那天灼热的阳光穿过树叶的空隙给我带来的梦境。我们的游船停在一个孤岛上,我们躺在小岛的草地上,割断了过去一切的人间关系,我听任自己思潮起伏,憧憬着未来。

从我所在的地方,我还看到岸边有一座玲珑可爱的三层楼房屋,外面有一个半圆形的铁栅栏,穿过这个栅栏,在房屋前面有一块像天鹅绒一样平整的翠绿色的草地,在房子后面有一座神秘莫测的幽静的小树林。这块草地上,头天被踏出的小径,第二天就被新长出来的苔藓淹没了。

有些蔓生植物的花朵铺满了这座空房子的台阶,一直延伸到二楼。

我凝望着这座房子,最后我竟以为这座房子是属于我的了,因为它是多么符合我的梦想啊。我在这座房子里看到了玛格丽特和我两人,白天在这座山岗上的树林之中,晚上一起坐在绿草地上,我心里在想,这个世界上难道还有什么人能像我们这样幸福的吗?

"多么漂亮的房子!"玛格丽特对我说,她已经随着我的视线看到了这座房子,可能还和我有着同样的想法。

"在哪里?"普律当丝问。

"那边。"玛格丽特指着那所房子。

"啊!真美,"普律当丝接着说,"你喜欢它吗?"

"非常喜欢。"

"那么,对公爵说要他把房子给你租下来,我肯定他会同意的,这件事我负责。如果你愿意的话,让我来办。"

玛格丽特望着我,似乎在征求我对这个意见的看法。

我的梦想已经随着普律当丝最后几句话破灭了,我突然一下子掉落在现实之中,被摔得头晕眼花。

"是啊,这个主意真妙。"我结结巴巴地说,也不知道自己在说些什么。

"那么,一切由我来安排,"玛格丽特握着我的手说,她是依着自己的愿望来解释我的话的,"快去看看这座房子是不是出租。"

房子空着,租金是两千法郎。

"你高兴到这里来吗?"她问我说。

"我肯定能到这儿来吗?"

"如果不是为了你,那么我躲到这儿来又是为了谁呢?"

"好吧,玛格丽特,让我自己来租这座房子吧。"

"你疯了吗?这不但没有好处,而且还有危险,你明知道我只能接受一个人的安排,让我来办吧,傻大个,别多说了。"

"这样的话,如果我一连有两天空闲,我就来和你们一起住。"普律当丝说。

我们离开这座房子,踏上了去巴黎的道路,一面还在谈着这个新的计划。我把玛格丽特搂在怀里,以致在我下车的时候,已经能稍许平心静气地来考虑我情妇的计划了。

十七

第二天,玛格丽特很早就打发我走了,她对我说公爵一大早就要来,并答应我公爵一离开就写信通知我每天晚上都要相会的时间和地点。

果然,我在白天就收到了这封信。

> 我和公爵一起到布吉瓦尔去了;晚上八点到普律当

丝家里等我。

玛格丽特准时回来了,并到迪韦尔努瓦太太家里来会我。

"行啦,一切都安排好了。"她进来的时候说。

"房子租下来了吗?"普律当丝问道。

"租下来了,一说他就同意了。"

我不认识公爵,但是像我这样欺骗他,我感到羞耻。

"不过还没有完哪!"玛格丽特又说。

"还有什么事?"

"我在考虑阿尔芒的住处。"

"不是跟你住在一起吗?"普律当丝笑着问道。

"不,他住在我和公爵一起吃午饭的曙光饭店里。在公爵观赏风景的时候,我问阿尔努太太,她不是叫阿尔努太太吗?我问她有没有合适的房间出租,她正好有一套,包括客厅、会客室和卧室。我想,这样就什么都不缺了,六十法郎一个月,房间里的陈设即使一个生忧郁病的人看了也会高兴起来的。我租下了这套房间,我干得好吗?"

我紧紧拥抱玛格丽特。

"这真太妙了,"她继续说,"你拿着小门上的钥匙,我答应把栅栏门的钥匙给公爵,不过他不会要的,因为他即使来也只是在白天。说实在的,我想他对我突然要离开巴黎一段时间的想法一定觉得很高兴,这样也可以使他家里少说些闲话。但是他问我,我这么热爱巴黎,怎么会决定隐居到乡下去的。我告诉他说,因为我身体不好,要到乡下去休养,他似乎不大相信我的话。这个可怜的老头儿一直被逼得走投无路,所以我们要多加小心,我亲爱的阿尔芒。因为他会派人在那儿监视我的,我不单要他为我租一座房子,我还要他替我还债呢,因为倒霉得很,我还欠着一些债。你看这样安排对你合适吗?"

"合适。"我回答说,我对这样的生活安排总觉得不是滋味,但我忍住不说出来。

"我们仔仔细细地参观了这座房子,将来我们住在那里一定非常称心。公爵样样都想到了。啊!亲爱的,"她快乐得像疯了似的搂住我说,"你真福气,有一个百万富翁为你铺床呢。"

"那你什么时候搬过去?"普律当丝问。

"越早越好。"

"你把车马也带去吗?"

"我把家里的东西全都搬去,我不在家时你替我看家。"

一星期以后,玛格丽特搬进了乡下那座房子,我就住在曙光饭店。

从此便开始了一段我很难向你描写的生活。

刚在布吉瓦尔住下的时候,玛格丽特还不能完全丢掉旧习惯,她家里天天像过节一样,所有的女朋友都来看她,在整整一个月里面,每天总有十来个人在玛格丽特家里吃饭,普律当丝也把她的相识全带来了,还请他们参观房子,就像房子是她的一样。

就像你想象的一样,所有的开销都是公爵支付的,然而普律当丝却不时以玛格丽特的名义向我要一张一千法郎的钞票。你知道我赌钱时赢了一些,我急忙把玛格丽特托她向我要的钱交给她,还生怕我的钱不够她的需要,于是我就到巴黎去借了一笔钱,数目和我过去曾经借过的相同,当然过去那笔钱我早已及时如数还清了。

于是我身边又有了大约一万法郎,我的津贴费还不算在内。

玛格丽特招待朋友的兴致稍稍有点低落,因为这种消遣开支巨大,尤其是因为有时还不得不向我要钱。公爵把这座房子租下来给玛格丽特休养,自己却不再在这里露面了,他总是怕在这里碰到那一大群嘻嘻哈哈的宾客,他是不愿被她们看到的。尤其是因为有一天,他来与玛格丽特两人共进晚餐,却碰到有十四五个人在玛格丽特家里吃午饭,这顿午饭在他觉得可以进晚餐的时候还没有吃完。当他打开饭厅的大门时,一阵哄笑冲他而来,这是他万万意料不到的,在这些姑娘肆无忌惮的欢笑声中,他不得不立即就退了出去。

玛格丽特离开餐桌,来到隔壁房间来找公爵,竭力劝慰,想使他忘记这次不愉快的场面,但是老头儿的自尊心已经受到了损伤,心里十分恼火。他冷酷地对这个可怜的姑娘说,他不愿再拿出钱来给一个女人肆意挥霍,因为这个女人甚至在她家里都不能让他受到应有的尊敬,他怒气冲冲地走了。

从这天起,我们就不再听到他的消息。玛格丽特后来虽然已经杜门谢客,改变了原来的习惯,公爵还是杳无音讯。这样一来倒成全了我,我的情妇完全属于我了,我的梦想终于实现了。玛格丽特再也离不开我,她全然不顾后果如何,公开宣布了我们之间的关系,于是我就待在她家里不走了。仆人们称我为先生,正式把我当作他们的主人。

对这种新的生活,普律当丝曾竭力警告过玛格丽特,但是玛格丽特回答说,她爱我,她生活里不能没有我,不论发生什么事她都不会放弃和我朝夕相处的幸福,还说谁要是看不惯,尽可以不再到这里来。

一天,我听到普律当丝对玛格丽特说,她有一些非常重要的事情要告诉她,她们两人关在房间里窃窃私语,我就在房门外面听,这些话就是我那次听到的。

过了些时候普律当丝又来了。

她进来的时候,我正在花园里,她没有看见我。我看到玛格丽特向她迎上前去的模样,就怀疑有一场跟我上次听到的同样性质的谈话又将开始,我想和上一次一样再去偷听。

两个女人关在一间小客厅里,我就去偷听。

"怎么样?"玛格丽特问。

"怎么样!我见到了公爵。"

"他对你说什么了?"

"他原谅你第一件事情,但是他已经知道你公开跟阿尔芒·迪瓦尔先生同居了。这件事是他不能原谅的。他对我说:'只要玛格丽特离开这个小伙子,那么我就像过去一样,她要什么我就给她什么;否则她就不应该再向我要求任何东西。'"

"你是怎样回答的?"

"我说我会把他的决定告诉你,而且我还答应要让你明白事理。亲爱的孩子,你考虑一下你失去的地位,这个地位阿尔芒是永远也不能给你的。阿尔芒一门心思地爱你,但是他没有足够的财产来满足你的需要,他总有一天要离开你的,到那时候就太晚了。公爵再也不肯为你做什么事了,你要不要我去向阿尔芒说?"

玛格丽特似乎在考虑,因为她没有答复,我的心怦怦乱跳,一面在等待她的回答。

"不,"她接着说,"我决不离开阿尔芒,我也不再隐瞒我和他的同居生活。这样做可能很傻,但是我爱他!有什么办法呢?而且他现在毫无顾虑地爱我已经成了习惯,一天里面哪怕要离开我一小时,他也会觉得非常痛苦。再说我也活不了多久,不愿意再自找苦吃,去服从一个老头子的意志,只要一见他,我觉得自己也会变老。让他把钱留着吧,我不要了。"

"但是你以后怎么办呢?"

"我不知道。"

普律当丝大概还想说什么话,可是我突然冲了进去,扑倒在玛格丽特的脚下,眼泪沾湿了她的双手,这些眼泪是因为我听到她这么爱我而高兴得流出来的。

"我的生命是属于你的,玛格丽特,你不再需要那个老公爵了,我不是在这儿吗?难道我会抛弃你吗?你给我的幸福难道我能报答得了吗?不再有约束了,我的玛格丽特,我们相亲相爱!其余的事跟我们有什么相干?"

"啊!是呀,我爱你,我的阿尔芒!"她用双臂紧紧地搂着我的脖子,柔声说道,"我爱你爱得简直连我自己都不能相信。我们会幸福的,我们要安静地生活,我要和那种使我现在感到脸红的生活告别。你一定不会责备我过去的生活的,是吗?"

我哭得话也讲不出来了,我只能把玛格丽特紧紧地抱在怀里。

"去吧,"她转身向普律当丝颤声说道,"你就把这一幕情景讲给公爵听,再跟他说我们用不着他了。"

从这一天起,公爵已经不成问题了,玛格丽特不再是我过去认识的姑娘了。凡是会使我想起我当时遇到她时她所过的那种生活的一切,她都尽量避免。她给我的爱是任何一个做妻子的都比不上的,她给我的关心是任何一个做姐妹的所没有的。她体弱多病,容易动感情。她断绝了朋友来往,改变了过去的习惯,她谈吐变了样,也不像过去那样挥金如土了。人们看到我们从屋里出来,坐上我买的那只精巧的小船去泛舟游河,谁也不会想到这个穿着白色长裙,头戴大草帽,臂上搭着一件普通的用来抵御河上寒气的丝质外衣的女人就是玛格丽特·戈蒂埃。就是她,四个月以前曾因奢侈糜烂而名噪一时。

天哪!我们忙不迭地享乐,仿佛已经料到我们的好日子是长不了的。

我们甚至有两个月没有到巴黎去了。除了普律当丝和我跟你提到过的那个朱利·迪普拉,也没有人来看过我们。我现在讲的这个动人的故事的记录就是玛格丽特后来交给朱利的。

我整天整天地偎依在我情妇的身旁。我们打开了面向花园的窗子,望着鲜花盛开的夏景,我们在树阴下并肩享受着这个不论是玛格丽特还是我,都还从来没有尝到过的真正的生活。

这个女人对一些很小的事情都会表现出孩子般的好奇。有些日子她就像一个十岁的女孩子那样,在花园里追着一只蝴蝶或者蜻蜓奔跑。这个妓女,她过去花在鲜花上的钱比足以维持一个家庭快快活活地过日子的钱还要多。有时候她就坐在草坪上,整整一小时地凝望着她用来当做名字①的一朵

---

① 法语玛格丽特是雏菊花的意思。

149

普通的花。

就在那段日子里,她经常阅读《玛侬·莱斯科》。我好几次撞见她在这本书上加注,而且老是跟我说,一个女人在恋爱的时候肯定不会像玛侬那样做的。

公爵写了两三封信给她,她认出是公爵的笔迹,连看也不看就把信交给了我。

有几次信里的措辞使我流出了眼泪。

公爵原来以为,把玛格丽特的财源掐断以后,就会使她重新回到他的身边。但是当他看到这个办法毫无用处的时候,就坚持不下去了,他一再写信,要求她像上次一样同意他回来,不论什么条件他都可以答应。

我看完这些翻来覆去、苦苦哀求的信以后,便把它们全撕了,也不告诉玛格丽特信的内容,也不劝她再去看看那位老人。尽管我对这个可怜的人的痛苦怀着怜悯的感情,但是我怕再劝玛格丽特仍旧像以前那样接待公爵的话,她会以为我是希望公爵重新负担这座房子的开销,不管她的爱情会给我带来什么样的后果,我都会对她的生活负责的,我最怕的就是她以为我也许会逃避这个责任。

最后公爵因收不到回信也就不再来信了。玛格丽特和我照旧在一起生活,根本不考虑以后怎么办。

十八

要把我们新生活中的琐事详详细细地告诉你是不容易的。这种生活对我们来说是一些孩子般的嬉戏,我们觉得十分有趣,但是对听我讲这个故事的人来说,却是不值一提的。

你知道爱一个女人是怎么一回事,你知道白天是怎么匆匆而过,晚上又是怎样地相亲相爱,难舍难分。你不会不知道共同分享和相互信赖的热烈爱情,可以把一切事物搁置脑后;在这个世界上,除了这个自己爱恋着的女人,其他似乎全属多余。我在后悔过去曾经在别的女人身上用过一番心思;我看不到除了自己手里捏着的手以外,还有什么可能去握别人的手。我的头脑里既不思索,也不回忆,心里惟有一个念头,凡是可能影响这个念头的思想都不能接受。每天我都会在自己情妇身上发现一种新的魅力和一种前所未有的快感。

人生只不过是为了满足不断的欲望,灵魂只不过是维持爱情圣火的守灶女神。①

到了晚上,我们经常坐在可以俯视我们房子的小树林里,倾听着夜晚和谐悦耳的天籁,同时两人都在想着不久又可相互拥抱直到明天。有时我们整天睡在床上,甚至连阳光都不让透进房来。窗帘紧闭着,外界对于我们来说,暂时停止了活动。只有拿尼纳才有权打开我们的房门,但也只是为了送东西给我们吃;我们就在床上吃,还不停地痴笑和嬉闹。接着又再打一会儿瞌睡。我们就像沉没在爱河之中的两个顽强的潜水员,只是在换气的时候才浮出水面。

但是,有时候玛格丽特显得很忧愁,有几次甚至还流着眼泪,这使我感到奇怪。我问她为什么忽然这么悲伤,她回答我说:

"我们的爱情不是普通的爱情,我亲爱的阿尔芒。你就像我从来没有失身于别人似地爱我,但是我非常害怕你不久

---

① 罗马灶神庙中拿着圣火日夜守伺的童贞女。

就会对你的爱情感到后悔,把我的过去当作罪恶。我怕你强迫我去重操你曾让我脱离的旧业。想想现在我尝到的新生活的滋味,要我再去过从前的生活,我会死的。告诉我你永远不再离开我了。"

"我向你发誓!"

听到这句话,她仔细地端详着我,似乎要从我眼睛里看出我的誓言是不是真诚,随后她扑在我的怀里,把头埋在我的心窝里,对我说:

"你真不知道我是多么爱你啊!"

一天傍晚,我们靠在窗台的栏杆上,凝望着浮云掩映着的月亮,倾听着被阵风摇曳着的树木的沙沙声,我们手握着手,沉默了好一阵子,突然玛格丽特对我说:

"冬天快到了,我们离开这儿吧,你说好吗?"

"到哪里去?"

"到意大利去。"

"那么你觉得在这儿待腻了?"

"我怕冬天,我更怕回到巴黎去。"

"为什么呢?"

"原因很多。"

她没有告诉我她惧怕的原因,却突然接下去说:

"你愿意离开这里吗?我把我所有的东西统统卖掉,一起到那里去生活,丝毫不留下我过去的痕迹。谁也不会知道我是谁。你愿意吗?"

"玛格丽特,如果你喜欢的话,我们走吧,我们去作一次旅行。"我对她说,"但是有什么必要变卖东西呢?你回来时看到这些东西不是很高兴吗?我没有足够的财产来接受你这种牺牲,但是像像样样地作一次五、六个月的旅行,我的钱还是绰绰有余的,只要能讨你哪怕是一丁点儿喜欢的话。"

"还是不去的好,"她离开窗子继续说,一面走过去坐在房间阴暗处的长沙发椅上,"到那里去花钱有什么意思?我在这儿已经花了你不少钱了。"

"你埋怨我,玛格丽特,你气量太小了!"

"请原谅,朋友,"她伸手给我说,"这种暴风雨天气使我精神不愉快;我讲的并不是我心里想的话。"

说着她吻了我一下,随后又陷入沉思。

类似这样的情景发生过好几次,虽然我不知道她产生这些想法的原因是什么,但是我很清楚玛格丽特是在担忧未来。她是不会怀疑我的爱情的,因为我越来越爱她了。但是我经常看到她忧心忡忡,她除了推诿说身体不佳之外,从来不告诉我她忧愁的原因。

我怕她对这种过于单调的生活感到厌倦,就建议她回到巴黎去,但她总是一口拒绝,并一再对我说没有地方能比乡下使她感到更加快乐。

普律当丝现在不常来了,但是她经常来信,虽然玛格丽特一收到信就心事重重,我也从来没有要求看看这些信,我百思不得其解。

一天,玛格丽特在她房间里,我走了进去,她正在写信。

"你写信给谁?"我问她。

"写给普律当丝,要不要我把信念给你听听?"

一切看来像是猜疑的事情我都很憎恶,因此我回答玛格丽特说,我不需要知道她写些什么,但是我可以断定这封信能告诉我她忧愁的真正原因。

第二天,天气非常好,玛格丽特提出要乘船到克罗瓦西岛玩,她似乎非常高兴,我们回家时已经五点钟了。

"迪韦尔努瓦太太来过了。"拿尼纳看见我们进门就说。

"她走了吗?"玛格丽特问道。

"走了,坐夫人的马车走的,她说这是讲好了的。"

"很好,"玛格丽特急切地说,"吩咐下去给我们开饭。"

两天以后,普律当丝来了一封信,以后的两周里,玛格丽特已经不再那么莫名其妙地发愁了,而且还不断地要求我为这件事原谅她。

但是马车没有回来。

"普律当丝怎么不把你的马车送回来?"有一天我问。

"那两匹马里有一匹病了,车子还要修理。反正这里用不着坐车,趁我们还没有回巴黎之前把它修修好不是很好吗?"

几天以后普律当丝来看望我们,她向我证实了玛格丽特对我讲的话。

两个女人在花园里散步,当我向她们走去的时候,她们就扯开去了。

晚上普律当丝告辞的时候,抱怨天气太冷,要求玛格丽特把开司米披肩借给她。

一个月就这样过去了,在这一个月里玛格丽特比过去任何时候都要快乐,也更加爱我了。

但是马车没再回来,披肩也没有送回来。凡此种种不由得使我起了疑心。我知道玛格丽特存放普律当丝来信的抽屉,趁她在花园里的时候,我跑到这个抽屉跟前。我想打开看看,但是打不开,抽屉锁得紧紧的。

接着我开始搜寻那些她平时放首饰和钻石的抽屉,这些抽屉一下就打开了,但是首饰盒不见了,盒子里面的东西不用说也没有了。

一阵恐惧猛地袭上我的心头。

我想去问玛格丽特这些东西究竟到哪儿去了,但是她肯定不会对我说实话的。

"我的好玛格丽特,"于是我这样对她说,"我来请求你允许我到巴黎去一次。我家里的人还不知道我在哪里,我父亲也该来信了,他一定在挂念我,我一定要给他写封回信。"

"去吧,我的朋友,"她对我说,"但是要早点回来。"

我走了。

我立即跑到普律当丝的家里。

"啊,"我开门见山地跟她说,"你老实告诉我,玛格丽特的马车到哪儿去了?"

"卖掉了。"

"披肩呢?"

"卖掉了。"

"金刚钻呢?"

"当掉了。"

"是谁去替她卖的?是谁去替她当的?"

"是我。"

"为什么不告诉我。"

"因为玛格丽特不准我告诉你。"

"那你为什么不向我要钱呢?"

"因为她不愿意。"

"那么这些钱派了什么用场呢?"

"还债。"

"她还欠人家很多钱吗?"

"还欠三万法郎左右。啊!我亲爱的,我不是早就跟你讲过了吗?你不肯相信我的话,那么现在总该相信了吧。原来由公爵作保的地毯商去找公爵的时候吃了闭门羹,第二天公爵写信告诉他说他不管戈蒂埃小姐的事了。这个商人来要钱,只好分期付给他,我向你要的那几千法郎就是付给他的。后来一些好心人提醒他说,他的债务人已经被公爵抛弃了,她正在跟一个没有财产的青年过日子;别的债权人也接到了同样的通知,他们也来讨债,来查封玛格丽特的财产。玛格丽特本来想把什么都卖掉,但是时间来不及,何况我也反对她这样做。债是一定得还的,为了不向你要钱,她卖掉了马匹和开司米披肩,当掉了首饰。你要不要看看买主的收据和当铺的当票?"

于是普律当丝打开一只抽屉给我看了这些票据。

"啊!你相信了吧!"她用那种女人占理后洋洋自得的口气接着说,"我是对的!啊!你以为只要相亲相爱就够了吗?你以为只要一起到乡下去过那种梦一般的田园生活就行了吗?不行的,我的朋友,不行的。除了这种理想生活,还有物质生活,最纯洁的决心都会有一些庸俗可笑的牵连,而且这些牵连牢得像铁索一样,是不容易挣断的。如果说玛格丽特从来不骗你,那是因为她性格特别。我劝她并没有劝错,因为我不忍心看到一个可怜的姑娘吃尽当光。她不听我的话!她回答我说她爱你,绝不欺骗你。这真是太美了,太富有诗意了,但这些都不能当作还债主的钱用呀。我再跟你说一遍,眼下她没有三万法郎是没法应付的。"

"好吧,这笔钱我来付。"

"你去借吗?"

"是啊,老天。"

"你可要干出好事来了,你要跟你父亲闹翻的,他会断绝你的生活来源,再说三万法郎也不是一两天内筹划得到的。相信我吧,亲爱的阿尔芒,我对女人可比你了解得多。别做这种傻事,总有一天你会后悔的。你要理智一些,我不是叫你跟玛格丽特分手,不过你要像夏天开始时那样跟她生活。让她自己去设法摆脱困境。公爵慢慢地会来找她的。N伯爵昨天还在对我说,如果玛格丽特肯接待他的话,他要替她还清所有的债务,每月再给她四五千法郎。他有二十万里弗的年金。这对她来说可算是一个依靠,而你呢,你迟早要离开她的;你不要等到破了产再这样做,何况这位N伯爵是个笨蛋,你完全可以继续做玛格丽特的情人。开始时她会伤心一阵子的,但最后还是会习惯的,你这样做了,她总有一天会感谢你的。你就把玛格丽特当作是有夫之妇,你欺骗她的丈夫,就是这么回事。

"这些话我已经跟你讲过一遍了,那时候还不过是一个忠告,而现在已几乎非这样做不行了。"

普律当丝讲的话虽然难听,但非常有道理。

"就是这么回事,"她一面收起刚才给我看的票据,一面继续对我说,"做妓女的专等人家来爱她们,而她们永远也不会去爱人;要不然,她们就要攒钱,以便到了三十岁的时候,她们就可以为一个一无所有的情人这个奢侈品而自己掏腰包。如果我早知今日有多好啊,我!总之,你什么也别跟玛格丽特说,把她带回巴黎来。你和她已经一起过了四五个月了。这样做很对,眼开眼闭,这就是对你的要求。半个月以后她就会接待N伯爵。今年冬天她节约一些,明年夏天你们就可以再过这种生活。事情就是这么干的,我亲爱的。"

普律当丝似乎对她自己的一番劝告很得意,我却恼怒地拒绝了。

不单是我的爱情和我的尊严不允许我这样做,而且我深信玛格丽特是宁死也不肯再过以前那种人尽可夫的生活了。

"别开玩笑了,"我对普律当丝说,"玛格丽特到底需要多少钱?"

"我跟你讲过了,三万法郎左右。"

"这笔款子什么时候要呢?"

"两个月以内。"

"她会有的。"

普律当丝耸了耸肩膀。

"我会交给你的,"我继续说,"但是你要发誓不告诉玛格丽特是我给你的。"

"放心好了。"

"如果她再托你卖掉或者当掉什么东西,你就来告诉我。"

"不用操心,她已什么也没有了。"

我先回到家里看看有没有我父亲的来信。

有四封。

十九

在前三封信里,父亲因我没有去信而担忧,他问我是什么原因。在最后一封信里,他暗示已经有人告诉他我生活上的变化,并通知我说不久他就要到巴黎来。

我素来很尊敬我的父亲,并对他怀有一种很真挚的感情。因此我就回信给他说我所以不回信是因为作了一次短途旅行,并请他预先告诉我他到达的日期,我好去接他。

我把我乡下的地址告诉了我的仆人,并嘱咐他一接到有C城邮戳的来信就送给我,随后我马上又回到布吉瓦尔。

玛格丽特在花园门口等我。

她的眼神显得很忧愁。她一把搂住我,情不自禁地问我:

"你遇到普律当丝了吗?"

"没有。"

"你怎么在巴黎待了这么久?"

"我收到了父亲的几封信,我必须写回信给他。"

不一会儿,拿尼纳气喘吁吁地进来了。玛格丽特站起身来,走过去和她低声说了几句。

拿尼纳一出去,玛格丽特重新坐到我身旁,握住我的手对我说:

"你为什么骗我?你到普律当丝家里去过了。"

"谁对你说的?"

"拿尼纳。"

"她怎么知道的?"

"她刚才跟着你去的。"

"是你叫她跟着我的吗?"

"是的。你已经有四个月没有离开我了,我想你到巴黎去一定有什么重要原因。我怕你发生了什么不幸,会不会去看别的女人。"

159

"孩子气!"

"现在我放心了,我知道你刚才做了些什么,但是我还不知道别人对你说了些什么。"

我把父亲的来信给玛格丽特看。

"我问你的不是这个,我想知道的是你为什么要到普律当丝家里去。"

"去看看她。"

"你撒谎,我的朋友。"

"那么我是去问她你的马好了没有,你的披肩,你的首饰她还用不用。"

玛格丽特脸刷地红了起来,但是她没有回答。

"因此,"我继续说,"我也就知道了你把你的马匹、披肩和钻石派了什么用场。"

"那么你怪我了吗?"

"我怪你怎么没有想到向我要你需要的东西。"

"像我们这样的关系,如果做女人的还有一点点自尊心的话,她就应该忍受所有可能的牺牲,也决不向她的情人要钱,否则她的爱情就跟卖淫无异。你爱我,这我完全相信。但是你不知道那种爱我这样女人的爱情有多么脆弱。谁能料到呢?也许在某一个困难或者烦恼的日子里,你会把我们的爱情想象成一件精心策划的买卖。普律当丝喜欢多嘴。这些马我还有什么用?把它们卖了还可以省些开销,没有马我日子一样过,还可以省去一些饲养费,我惟一的要求就是你始终不渝的爱情。即使我没有马,没有披肩,没有钻石,你也一定会同样爱我的。"

这些话讲得泰然自若,我听得眼泪都快流出来了。

"但是,我的好玛格丽特,"我深情地紧握着我情人的手回答说,"你很清楚,你这种牺牲,我总有一天会知道的,那时我怎么受得了。"

"为什么受不了呢?"

"因为,亲爱的孩子,我不愿意你因为爱我而牺牲你的首饰,哪怕牺牲一件也不行。我同样也不愿意在你感到为难或者厌烦的时候会想到,如果你跟别人同居的话,就不会发生这种情况了。我不愿意你因为跟了我而感到有一分钟的遗憾。几天以后,你的马匹,你的钻石和你的披肩都会归还给你,这些东西对你来说就像空气对生命一样是必不可少的。这也许是很可笑的,但是你生活得奢华比生活得朴素更使我心爱。"

"那么说,你不再爱我了。"

"你疯了!"

"如果你爱我的话,你就让我用我的方式来爱你,不然的话,你就只能继续把我看成一个奢侈成性的姑娘,而老觉得不得不给我钱。你羞于接受我对你爱情的表白。你总是不由自主地想到总有一天要离开我,因此你小心翼翼,惟恐被人疑心,你是对的,我的朋友,但是我原来的希望还不仅于此。"

玛格丽特动了一下,想站起来,我拉住她对她说:

"我希望你幸福,希望你没有什么可以埋怨我的,就这些。"

"那么我们就要分手了!"

"为什么,玛格丽特? 谁能把我们分开?"我大声说道。

"你,你不愿让我知道你的景况,你要我保留我的虚荣心来满足你的虚荣心,你想保持我过去的奢侈生活,你想保持我们思想上的差距;你,总之,你不相信我对你的无私的爱情,不相信我愿意和你同甘共苦,有了你这笔财产我们本来可以一起生活得很幸福,但是你宁愿把自己弄得倾家荡产,你这种成见真是太根深蒂固了。你以为我会把你的爱情和马车、首饰相比吗?你以为我会把虚荣当作幸福吗?一个人心中没有爱情的时候可以满足于虚荣,但一旦有了爱情,虚荣就变得庸俗不堪了。你要代我偿清债务,把自己的钱花完,最后你来供养我!就算这样又能维持多长时间呢?两三个月?那时候再依我的办法去生活就太迟了,因为到那时你什么都得听我的,而一个正人君子是不屑于这样干的。现在你每年有八千到一万法郎的年金,有了这些钱我们就能过日子了。我卖掉我多余的东西,每年就会有两千里弗的收入。我们去租一套漂漂亮亮的小公寓,两个人住在里面。夏天我们到乡下玩玩,不要住像现在这样的房子,有一间够两个人住的小房间就行了。你无牵无挂,我自由自在,我们年纪还轻,看在上天的份上,阿尔芒,别让我再去过我从前那种迫不得已的生活吧。"

我无法回答,感激和深情的眼泪糊住了我的眼睛,我扑在玛格丽特的怀抱之中。

"我原来想,"她接着说,"瞒着你把一切都安排好,把我的债还清,叫人把我的新居布置好。到十月份,我们回到巴黎的时候,一切都已就绪;不过既然普律当丝全都告诉你了,那你就得事前同意而不是事后承认……你能爱到我这般地步吗?"

对如此真挚的爱情是不可能拒绝的,我狂热地吻着玛格丽特的手对她说:

"我一切都听你的。"

她所决定的计划就这样讲定了。

于是她快乐得像发了疯似的,她跳啊、唱啊,为她简朴的新居而庆祝,她已经和我商量在哪个街区寻找房子,里面又如何布置等等。

我看她对这个主意既高兴又骄傲,似乎这样一来我们就可以永不分离似的。

我也不愿意白受她的恩情。

转眼之间我就决定了今后的生活,我把我的财产作了安排,把我从母亲那里得来的年金赠给玛格丽特,为了报答我所接受的牺牲,这笔年金在我看来是远远不够的。

我自己留下了我父亲给我的每年五千法郎津贴,不管发生什么事情,靠它来过日子也足够了。

我瞒着玛格丽特作了这样的安排。因为我深信她一定会拒绝这笔赠与的。

这笔年金来自一座价值六万法郎的房子的抵押费。这座房子我从来也没有看见过。我所知道的只不过是每一季度,我父亲的公证人——我家的一位世交——都要凭我一张收据交给我七百五十法郎。

在玛格丽特和我回巴黎去找房子的那天,我找了这位公证人,问他我要把这笔年金转让给另外一个人我应该办些什么手续。

这位好心人以为我破产了,就询问我作出这个决定的原因。因为我迟早得告诉他我这次转让的受益人是谁,我想最好还是立即如实告诉他。

作为一个公证人或者一个朋友,他完全可以提出不同意见,但他毫无异议,他向我保证他一定尽量把事情办好。

我当然叮嘱他在我父亲面前要严守秘密。随后我回到玛格丽特身边,她在朱利·迪普拉家里等我。她宁愿到朱利家去而不愿意去听普律当丝的教训。

我们开始找房子。我们所看过的房子,玛格丽特全都认为太贵,而我却觉得太简陋。不过我们最后终于取得了一致意见,决定在巴黎最清静的一个街区租一幢小房子,这幢小房子是一座大房子的附属部分,但是独立的。

在这幢小房子后面还附有一个美丽的小花园,花园四周的围墙高低适宜,既能把我们跟邻居隔开,又不妨碍视线。

这比我们原来希望的要好。

我回家去把我原来那套房子退掉,在这段时间,玛格丽特到一个经纪人那儿去了。据她说,这个人曾经为她的一个朋友办过一些她现在去请他办的事。

她非常高兴地又回到普罗旺斯街来找我。这个经纪人同意替她了清一切债务,把结清的账单交给她,再给她两万法郎,作为她放弃所有家具的代价。

你已经看到了从出售的价格来看,这个老实人大概赚了他主顾三万多法郎。

我们又欢欢喜喜地回到布吉瓦尔去,继续商量今后的计划。由于我们无忧无虑,特别是我们情深似海,我们总觉得前景无限美好。

一星期以后,有一天正当我们在吃午饭的时候,拿尼纳突然进来对我说,我的仆人要见我。

我叫他进来。

"先生,"他对我说,"你父亲已经到巴黎来了,他请你马上回家,他在那里等你。"

这个消息本来是再平常不过的事情,但是,玛格丽特和我听了却面面相觑。

我们猜想有大祸临头了。

因此,尽管她没有把我们所共有的想法告诉我,我把手伸给她,回答她说:

"什么也别怕。"

"你尽量早点回来,"玛格丽特吻着我喃喃地说,"我在窗口等你。"

我派约瑟夫去对我父亲说我马上就来。

果然,两小时以后,我已经到了普罗旺斯街。

二十

我父亲穿着晨衣,坐在我的客厅里写信。

从他抬起眼睛看我进去的神情,我立即就知道了他要谈的问题是相当严重的。

但是我装着没有看到,走上前去抱吻了他。

"你是什么时候来的,爸爸?"

"昨天晚上。"

"你还是像过去一样,一下车就到我这里来的吗?"

"是的。"

"我很抱歉没有去接你。"

讲了这几句话以后我就等着父亲的训导,这从他冷冰冰的脸上是看得出来的。但是他什么也不说,封上他刚写好的那封信,交给约瑟夫去寄掉。

当屋子里只剩下我们两人时,父亲站起来,靠在壁炉上对我说:

"亲爱的阿尔芒,我有些严肃的事情要跟你谈谈。"

"我听着,爸爸。"

"你答应我说老实话吗?"

"我从来不说假话。"

"你在跟一个叫做玛格丽特·戈蒂埃的女人同居,这是真的吗?"

"真的。"

"你知道这是一个什么样的女人吗?"

"一个妓女。"

"就是为了她,你今年才忘了来看你妹妹和我两个人吗?"

"是的,爸爸,我承认。"

"那么你很爱这个女人啰?"

"这你看得很清楚,爸爸,正是由于她才使我没有尽到一个神圣的义务,所以我今天来向你请罪。"

我父亲无疑没有料到我会这样爽快地回答他,因为他似乎考虑了一会儿,后来他对我说:

"你难道真不知道你是不能一直这样生活下去的吗?"

"我曾经有过这样的担心,爸爸,但是我不知道为什么。"

"可是你应该知道,"我父亲用一种比较生硬的语气继续说,"我是不会允许你这样做的。"

"我想只要我不败坏门风,玷辱家誉,我就可以像我现在这样过日子,正是这些想法才使我稍许安心了些。"

爱情在和感情作激烈的对抗,为了保住玛格丽特,我准备反抗一切,甚至反抗我父亲。

"那么现在是改变你生活方式的时候了。"

"啊,为什么呢?爸爸。"

"因为你正在做一些败坏你家庭名声的事,而且你也认为是应该保持这个名声的。"

"我不明白你这些话的意思。"

"我马上跟你解释。你有一个情妇,这很好,你像一个时髦人那样养着一个妓女,这也无可非议;但是为了她你忘记了最最神圣的职责,你的丑闻一直传到了我们外省的家乡,玷辱了我家的门楣,这是不行的,以后不准这样。"

"请听我说,爸爸,那些把我的事情告诉你的人不了解情况。我是戈蒂埃小姐的情人,我和她同居,这些事极其普通。我并没有把从你那儿得到的姓氏给戈蒂埃小姐,我在她身上花的钱是我的收入允许的。我没有欠债,总之我的行动没有任何一点值得一个做父亲的向他儿子说你刚才对我说的这番话。"

"看到儿子不走正道,做父亲的总是有权把他拉回来的。你还没有做什么坏事,但你以后会做的。"

"爸爸!"

"先生,对于人生我总比你有经验些。只有真正贞洁的女人才谈得上真正纯洁的爱情。任何一个玛侬都会有一个德·格里欧的。现在时代和风尚都不同了,人要是年纪大了仍不长进,那他也只能算是虚度岁月了。你必须离开你的情妇。"

"很遗憾我不能听从你,爸爸,这是不可能的。"

"我要强迫你同意。"

"不幸的是,爸爸,放逐妓女的圣玛格丽特岛已经没有了,而且即使它还存在,你又能把她发送到那里去的话,我也会随着戈蒂埃小姐一起去的。你说怎么办？也许我错了，但是我只有在做这个女人的情人时才感到有幸福。"

"啊，阿尔芒，你要睁大眼睛看看清楚，你得承认你父亲一直在爱着你，他一心盼望你得到幸福。你像做丈夫似的跟一个和大家都睡过的姑娘同居，难道不觉得羞耻吗？"

"只要她以后不再跟别人睡，爸爸，那又有什么关系？只要这个姑娘爱我，只要她由于我们相互的爱情而得到新生，总之，只要她已经改邪归正，那又有什么关系！"

"啊！先生，那么你认为一个有身份的男人，他的任务就是使妓女改邪归正吗？难道你相信上帝赋予人生的竟是这么一个怪诞的使命吗？一个人心里就不该有其他方面的热情吗？到你四十岁的时候，这种崇高的用心将会得到什么样的结果呢？你将对你今天讲的话有些什么想法？如果这种爱情在你已经度过的岁月中还没有留下太深的痕迹，如果到时候你还笑得出来的话，你自己也会对这种爱情感到可笑的。如果你父亲过去也跟你一样想法，听任他的一生被这类爱情冲动所摆布，而不是以荣誉和忠诚的思想去成家立业的话，你现在又是怎么样的一个人呢？你想一想，阿尔芒，别再讲这些蠢话了。好吧，离开这个女人吧，你的父亲恳求你。"

我什么也不回答。

"阿尔芒，"我父亲继续说，"看在你圣洁的母亲份上，相信我，放弃这种生活，你马上会把它丢到脑后的，比你现在想象的还要快些。你对待这种生活的理论是行不通的。你已经二十四岁，想想你的前途吧。你不可能永远爱这个女人，她也不会永远爱你的。你们两个把你们的爱情都夸大了。你断送了一生的事业。再走一步你就会陷入泥坑不能自拔，一辈子都会为青年时期的失足而后悔。走吧,到你妹妹那里去,过上一两个月。休息和家庭的温暖很快就会把你这种狂热医好,因为这只不过是一种狂热而已。

"在这段时间里,你的情妇会想通的,她会另外找一个情人,而当你看到你差一点为了这样一个女人跟你父亲闹翻,失去他的慈爱,你就会对我说,我今天来找你是很有道理的,你就会感谢我。

"好吧,阿尔芒,你会离开她的,是吗?"

我觉得我父亲的话对所有其他的女人来说是对的,但是我深信他的话对玛格丽特来说却是错的。然而他跟我说最后几句话的语气是那么温柔,那么恳切,我都不敢回答他。

"怎么样?"他用一种激动的声音问我。

"怎么样,爸爸,我什么也不能答应你。"我终于说道,"你要求我做的事超出了我的能力范围,请相信我,"我看见他做了一个不耐烦的动作,我继续说道,"你把这种关系的后果看得过于严重了。玛格丽特并不是你想象中的那种姑娘。这种爱情非但不会把我引向邪路,相反能在我身上发展成最最崇高的感情。真正的爱情始终是使人上进的,不管激起这种爱情的女人是什么人。如果你认识玛格丽特,你就会明白我没有任何危险。她像最高贵的女人一样高贵。别的女人身上有多少贪婪,她身上就有多少无私。"

"这倒并不妨碍她接受你全部财产,因为你把从母亲那儿得到的六万法郎全都给了她。这六万法郎是你仅有的财产,你要好好记住我对你讲的话。"

我父亲很可能有意把这句威胁的话留在最后讲,当作对我的最后一击。

我在威胁面前比在婉言恳求面前更加坚强。

"谁对你说我要把这笔钱送给玛格丽特?"我接着说。

"我的公证人。一个诚实的人能不通知我就办这样一件事吗?好吧,我就是为了不让你因一个姑娘而做败家子才到巴黎来的。你母亲在临死的时候给你留下的这笔钱是让你规规矩矩地过日子,而不是让你在情妇面前摆阔气的。"

"我向你发誓,爸爸,玛格丽特根本不知道这回事。"

"那你为什么要这样做呢?"

"因为玛格丽特,这个受到你污蔑的女人,这个你要我抛弃的女人,为了和我同居牺牲了她所有的一切。"

"而你接受这种牺牲吗?那么你算是什么人啊,先生,你竟同意一位玛格丽特小姐为你牺牲什么东西吗?好了,够了。你必须抛弃这个女人。刚才我是请求你,现在我是命令你。我不愿意在我家里发生这样的丑事。把你的箱子收拾好,准备跟我一起走。"

"请原谅我,爸爸,"我说,"我不走。"

"为什么?"

"因为我已经到了可以不再服从一个命令的年龄了。"

听到这个回答,我父亲的脸色都变白了。

"很好,先生,"他又说,"我知道我该怎么办。"

他拉铃。

约瑟夫走了进来。

"把我的箱子送到巴黎旅馆去。"他对我的仆人说,一面走进他的卧室里去穿衣服。

他出来时,我向他迎了上去。

"爸爸,"我对他说,"别做什么会使玛格丽特感到痛苦的事,你能答应我吗?"

我父亲站定了,轻蔑地看着我,只是回答我说:

"我想你是疯了。"

讲完他就走了出去,把身后的门使劲地关上了。

我也跟着下了楼,搭上一辆双轮马车回布吉瓦尔去了。

玛格丽特在窗口等着我。

二十一

"总算来了!"她嚷着向我扑来搂着我,"你来了,你脸色有多么苍白啊!"

于是我把我和父亲之间发生的事告诉了她。

"啊!天哪!我也想到了,"她说,"约瑟夫来通知我们说你父亲来了的时候,我像大祸临头一样浑身哆嗦。可怜的朋友!都是我让你这么痛苦的。也许你离开我要比跟你父亲闹翻好一些。可是我一点也没有惹着他呀。我们安安静静地过日子,将来的日子还要安静。他完全知道你需要一个情妇,我做你的情妇,他应该为此而感到高兴,因为我爱你,了解你的景况,也不会向你提出过分的要求。你有没有对他说过我们将来的计划?"

"讲过了,最惹他生气的正是这件事,因为他在我们这个主意里面看到了我们相爱的证据。"

"那怎么办呢?"

"我们还是待在一起,我好心的玛格丽特,让这场暴风雨过去吧。"

"能过去吗?"

"一定会过去的。"

"但是你父亲会就此罢休吗?"

"你说他会怎么办?"

"我怎么能知道呢?一个父亲为了使他儿子服从他的意志,什么事都干得出来的。他为了让你抛弃我,会使你想起我过去的生活,也许承他情再替我编出一些新鲜事来。"

"你当然清楚我是爱你的。"

"是的,但是我也知道你迟早会听从你父亲的,最后你也许会被他说服的。"

"不会的,玛格丽特,最后将是我说服他。他是听了几个朋友的闲话才发这么大脾气的;但是他心肠很好,为人正直,他还是会回心转意的。再说,总而言之,这和我又有什么相干!"

"别这么说,阿尔芒,我什么都愿意,就是不愿意让别人以为是我在撺掇你和你家庭闹翻的;今天就算了,明天你就回巴黎去。你父亲会像你一样从他那方面再好好考虑考虑的,也许你们会相互很好地谅解。不要触犯他的原则,装作对他的愿望作些让步;别显得太关心我,他就会让事情就这么过去的。乐观一些吧,我的朋友,对一件事情要有信心。不管发生什么事,你的玛格丽特总是你的。"

"你向我发誓吗?"

"需要我向你发誓吗?"

听从一个心爱的声音的规劝是多么温柔甜蜜啊!玛格丽特和我两个一整天都在反复谈论我们的计划,就像我们已经懂得了必须更快地实现这些计划,我们每时每刻都在期待发生什么事。幸而这一天总算过去了,没有发生什么新情况。

第二天,我十点钟就出发,中午时分,我到了旅馆。

我父亲已经出去了。

我回到了自己家里,希望他可能也上那里去了。没有人来过。我又到公证人家里,也没有人。

我重新回到旅馆,一直等到六点钟,父亲没有回来。

我又回布吉瓦尔去了。

我看到了玛格丽特,她没有像前一天那样地在等我,而是坐在炉火旁边,那时的天气已经需要生炉子了。

她深深地陷在沉思之中。我走近她的扶手椅她都没有听到我的声音,连头也没有回,当我把嘴唇贴在她的额头上时,她哆嗦了一下,就好像是被这下亲吻惊醒了似的。

"你吓了我一跳。"她对我说,"你父亲呢?"

"我没有见到他。我不知道是怎么回事,不论在旅馆里,还是在他可能去的地方都找不到他。"

"好吧,明天再去。"

"我想等他派人来叫我。我想所有我应该做的我都做了。"

"不,我的朋友,这样做远远不够,一定要回到你父亲那儿去,尤其是明天。"

"为什么非要是明天而不是别的日子呢?"

"因为,"玛格丽特听到我这样问,脸色微微发红,说道,"因为越是你要求得迫切,我们将越快地得到宽恕。"

这一天里,玛格丽特总是茫然若失,心不在焉,忧心忡忡。为了得到她的回答,我对她说话,总得重复两遍。她把这种心事重重的原因归罪于两天以来发生的事情和对前途的担忧。

整个晚上我都在安慰她,第二天她带着我无法解释的焦躁不安催我动身。

像头天一样,我父亲不在,但是他在出去的时候给我留下了这封信:

> 如果你今天又来看我,等我到四点钟,如果四点钟我还不回来,那么明天跟我一起来吃晚饭,我一定要跟你谈谈。

我一直等到信上指定的时间,父亲没有来,我便走了。

上一天我发现玛格丽特愁眉苦脸,这一天我看玛格丽特像是在发烧,情绪非常激动。看到我进去,她紧紧搂住我,在我的怀里哭了很长一段时间。

我问她怎么会突然觉得这样难过。可是她越来越伤心,使我感到惊奇万分。她没有告诉我任何讲得通的理由,她说的话,都是一个女人不愿意说真话时所用的借口。

等她稍许平静了一些后,我把这次奔波的结果告诉了她,又把父亲的信给她看,要她注意,根据信上所说,我们可以想得乐观一些。

看到这封信,想到我所做的一切,她更是泪如泉涌,以致我不得不把拿尼纳叫来。我们怕她神经受了刺激,就把这个一句话也不说,光是痛哭流涕的可怜的姑娘扶到床上让她躺下,但是她握住我的双手不住地吻着。

我问拿尼纳,在我出门的时候,她的女主人是不是收到过什么信,或者有什么客人来过,才使她变成现在这般模样,可拿尼纳回答我说没有来过什么人,也没有人送来过什么东西。

但是,从昨天起一定发生过什么事,玛格丽特越是瞒我,我越是感到惶惶不安。

傍晚,她似乎稍许平静了一些。她叫我坐在她的床脚边,又絮絮叨叨地对我重复着她爱情的忠贞。随后,她又对我嫣然一笑,但很勉强,因为无论她怎样克制,她的眼睛里总是含着眼泪。

我想尽办法要她把伤心的真实原因讲出来,但她翻来覆去地对我讲一些我已经跟你讲过的那些不着边际的理由。

她终于在我怀里睡着了,但是这种睡法非但不能使她得到休息,反而在摧残她的身体,她不时地发出一声尖叫,突然惊醒。等她肯定我确实还在她身边之后,她便要我起誓永远爱她。

这种持续的痛苦一直延续到第二天早上,我一点也不清楚是什么原因。接着玛格丽特迷迷糊糊睡着了。她已有两个晚上没有好好睡觉了。

这次休息的时间也不长。

十一点左右,玛格丽特醒来了,看到我已经起身,她茫然四顾,喊了起来。

"你这就要走了吗?"

"不,"我握住她的双手说,"我想让你再睡一会儿,时间还早着呢。"

"你几点钟到巴黎去?"

"四点钟。"

"这么早?在去巴黎之前你一直陪着我是吗?"

"当然啰,我不是一直这样的吗?"

"多幸福啊!"

"我们去吃午饭好吗?"她心不在焉地接着说。

"如果你愿意的话。"

"随后一直到你离开,你都拥抱着我好吗?"

"好的,而且我尽量早些回来。"

"你还回来吗?"她用一种惊恐的眼光望着我说。

"当然啦。"

"是的,今天晚上你要回来的,我像平时一样等着你,你仍然爱我,我们还是像我们认识以来一样地幸福啊。"

这些话说得吞吞吐吐,断断续续,她似乎心里还有什么难言之隐,以致我一直在担心玛格丽特会不会发疯。

"听我说,"我对她说,"你病了,我不能这样丢下你,我写信给我父亲要他别等我了。"

"不,不,"她突然嚷了起来,"不要这样,你父亲要怪我的,在他要见你的时候,我不让你到他那儿去;不,不,你一定得去,必须去,再说我也没有病,我身体很好,我不过是做了一个噩梦,我神志还没有完全清醒过来呢!"

从这时起,玛格丽特强颜欢笑,她不再哭了。

时间到了,我一定得走了,我吻了她,问她是不是愿意陪我到车站去,我希望散散步可以使她心里宽慰一些;换换空气会使她舒服一些。

我特别想跟她一起多待一会儿。

她同意了,披上一件大衣,和拿尼纳一起陪我去,免得一个人回家。

我差不多有好几次都决定不走了,但是那种快去快回的想法和那种怕引起我父亲对我不满的顾虑支持着我。我终于乘上火车走了。

"晚上见。"在分手的时候我对玛格丽特说。

她没有回答我。

对这句话不作回答,她以前有过一次。而那一次,你还记得吧,G伯爵就在她家里过的夜;但时间相隔太久,我好像一点印象也没有了。如果说我害怕发生什么事的话,肯定也不会再是玛格丽特欺骗我这件事了。

到了巴黎,我直奔普律当丝家,请她去看看玛格丽特,希望她热情和快活的脾气能给玛格丽特解解闷。

我未经通报就闯了进去,普律当丝正在梳妆间里。

"啊!"她不安地对我说,"玛格丽特跟你一起来的吗?"

"没有。"

"她身体好吗?"

"她有些不舒服。"

"那么她今天不来了吗?"

"她一定得来吗?"

迪韦尔努瓦太太脸红了,她稍微有些尴尬地回答我说:"我是想说,既然你到巴黎来了,是不是她就不来这儿和你会面了?"

"她不来了。"

我瞧着普律当丝,她垂下眼睛,从她的神色上可以看出她似乎怕我赖着不走。

"我就是来请你去陪她的,亲爱的普律当丝,如果你没有什么事,请你今晚去看看玛格丽特,你去陪陪她,你可以睡在那里。我从来也没有见到过她像今天这个样子,我真怕她要病倒了。"

"今天晚上我要在城里吃晚饭,"普律当丝回答我说,"不能去看玛格丽特了,不过我明天可以去看她。"

我向迪韦尔努瓦太太告辞,她仿佛跟玛格丽特一样心事重重,我到了父亲那儿,他第一眼就把我仔细端详了一番。

他向我伸出手来。

"你两次来看我使我很高兴,阿尔芒,"他对我说,"这就使我有了希望,你大概像我为你一样也为我考虑过了。"

"我可不可以冒昧地请问你,爸爸,你考虑的结果是什么?"

"结果是,我的孩子,我过于夸大了传闻的严重性,我答应对你稍许宽容一些。"

"你说什么,爸爸!"我快乐地嚷着。

"我说,亲爱的孩子,每个年轻人都得有个情妇,而且根据我新近知道的情况,我宁愿知道你的情妇是戈蒂埃小姐而不是别人。"

"我多好的父亲!你使我多么快乐!"

我们就这样谈了一会儿,随后一起吃了饭。整个晚餐期间我父亲都显得很亲切。

我急于要回布吉瓦尔去把这个可喜的转变告诉玛格丽特。我一直在望着墙上的时钟。

"你在看时间,"我父亲对我说,"你急于想离开我。呵,年轻人啊!你们总是这样,牺牲真诚的感情去换取靠不住的爱情。"

"别这样说,爸爸!玛格丽特爱我,这是我坚信不疑的。"

我父亲没有回答,他看上去既不怀疑,也不相信。

他一直坚持要我跟他一起度过那个夜晚,让我第二天再走。但是我撇下的玛格丽特在生病,我把这个对他说了,接着我请求他同意我早些回去看她,并答应他第二天再来。

天气很好,他要一直陪我到站台,我从来也没有这样快活过,我长期以来所追求的未来生活终于来到了。

我从来也没有这样爱过我的父亲。

在我就要动身的时候,他最后又一次要我留下来,我拒绝了。

"那么你很爱她吗?"他问我。

"爱得发疯!"

"那么去吧!"他用手拂了一下前额,仿佛要驱走一个什么念头似的,随后他张开嘴巴仿佛要跟我讲什么事,但是他还是只握了握我的手,突然地离开了我,一面对我大声说道:

"好吧,明天见!"

二十二

我觉得火车开得太慢,仿佛不在走一样。

十一点钟我到了布吉瓦尔。

那座房子所有的窗户都没有亮光,我拉铃,没有人回答。

这样的事我还是第一次遇到。后来总算园丁出来了,我走了进去。

拿尼纳拿着灯向我走来。我走进了玛格丽特的卧室。

"太太呢?"

"太太到巴黎去了。"拿尼纳回答我说。

"到巴黎去了?!"

"是的,先生。"

"什么时候去的?"

"你走后一个小时。"

"她没有什么东西留给我吗?"

"没有。"

拿尼纳离开我走了。

"她可能有什么疑虑,"我想,"也许是到巴黎去证实我对她说的去看父亲的事究竟是不是一个借口,为的是得到一天自由。

"或者是普律当丝有什么重要事情写信给她了,"当剩下我一个人的时候我心里想:"但是在我去巴黎的时候已经见到过普律当丝,在她跟我的谈话里面我一点也听不出她曾给玛格丽特写过信。"

突然我想起了当我对迪韦尔努瓦太太说玛格丽特不舒服时,她问了我一句话:"那么她今天不来了吗?"这句话似乎泄露了她们有约会,同时我又想起了在她讲完这句话我看着她的时候,她的神色很尴尬。我又回忆起玛格丽特整天眼泪汪汪,后来因为我父亲接待我很殷勤,我就把这些事给忘了。

想到这里,这天发生的一切事情都围绕着我的第一个怀疑打转,使我的疑心越来越重。所有一切,一直到父亲对我的慈祥态度都证实了我的怀疑。

玛格丽特几乎是逼着我到巴黎去的,我一提出要留在她身边,她就假装平静下来。我是不是落入了圈套?玛格丽特是在欺骗我吗?她是不是本来打算要及时回来,不让我发现她曾经离开过,但由于发生了意外的事把她拖住了呢?为什么她什么也没对拿尼纳说,又不给我写几个字呢?这些眼泪,她的出走,这些神秘莫测的事究竟是什么意思呢?

在这个空荡荡的房间里面,我惶惶不安地想着以上这些问题。我眼睛盯着墙上的时钟,时间已经半夜,似乎在告诉我,要想再见到我的情妇回来,时间已经太晚了。

然而,不久前我们还对今后的生活作了安排;她作出了牺牲,我也接受了。难道她真的在欺骗我吗?不会的。我竭力要丢开我刚才那些设想。

也许这个可怜的姑娘为她的家具找到了一个买主,她到巴黎接洽去了。这件事她不想让我事前知道,因为她知道,尽管这次拍卖对于我们今后的幸福十分必要,而且我也同意了,但这对我来说总是很难堪的。她怕在向我谈这件事时会伤了我的自尊心,损害我的感情。她宁愿等一切都办妥了再跟我见面,显而易见,普律当丝就是为了这件事在等她,而且在我面前泄漏了真相。玛格丽特今天大概还不能办完这次交易,她睡在普律当丝家里,也许她一会儿就要回来了,因为她应该想到我在担忧,肯定不会把我就这样丢在这里的。

但是她为什么要流泪呢?无疑是不管她怎样爱我,这个可怜的姑娘要放弃这种奢侈生活,到底还是舍不得的。她已经过惯了这种生活,并且觉得很幸福,别人也很羡慕她。

我非常体谅玛格丽特这种留恋不舍的心情。我焦急地等着她回来,我要好好地吻吻她并对她说我已经猜到了她神秘地出走的原因。

然而,夜深了,玛格丽特仍旧没有回来。

我越来越感到焦虑不安,心里紧张得很。她会不会出了什么事!她是不是受伤了,病了,死了!也许我马上就要看见一个信差来通知我什么噩耗,也许一直到天亮,我仍将陷在这同样的疑惑和忧虑之中。

玛格丽特的出走使我惊慌失措,在我提心吊胆地等着她时,她是否会欺骗我呢?这种想法我一直没再有过。一定是有一种她做不了主的原因把她拖住了,使她不能到我这里来。

我越是想,越是相信这个原因只能是某种灾祸。啊,人类的虚荣心呵!你的表现形式真是多种多样啊。

一点钟刚刚敲过,我心里想我再等她一个小时,倘使到了两点钟玛格丽特还不回来,我就动身到巴黎去。

在等待的时候,我找了一本书看,因为我不敢多想。

《玛侬·莱斯科》翻开在桌子上,我觉得书页上有好些地方似乎被泪水沾湿了。在翻看了一会以后,我把书又合上了。由于我疑虑重重,书上的字母对我来说似乎毫无意义。

时间慢慢在流逝,天空布满了乌云,一阵秋雨抽打着玻璃窗,有时空荡荡的床铺看上去犹如一座坟墓,我害怕起来了。

我打开门,侧耳静听,除了树林里簌簌的风声以外什么也听不见。路上车辆绝迹,教堂的钟凄凉地在敲半点钟。

我倒反而怕有人来了,我觉得在这种时刻,在这种阴沉的天气,要有什么事情来找我的话,也绝不会是好事。

两点钟敲过了,我稍等了一会儿,惟有那墙上时钟的单调的滴答声打破寂静的气氛。

最后我离开了这个房间,由于内心的孤独和不安,在我看来这个房间里连最小的物件也都蒙上了一层愁云。

在隔壁房间里我看到拿尼纳扑在她的活计上面睡着了。听到门响的声音,她惊醒了,问我是不是她的女主人回来了。

"不是的,不过如果她回来,你就对她说我实在放心不下,到巴黎去了。"

"现在去吗?"

"是的。"

"可怎么去呢?车也叫不到了。"

"我走着去。"

"可是天下着雨哪!"

"那有什么关系?"

"太太要回来的,再说即使她不回来,等天亮以后再去看她是什么事拖住了也不迟啊。你这样在路上走会被人谋害的。"

"没有危险的,我亲爱的拿尼纳,明天见。"

这位忠厚的姑娘把我的大衣找来,披在我肩上,劝我去叫醒阿尔努大娘,向她打听能不能找到一辆车子;但是我不让她去叫她,深信这是白费力气,而且这样一折腾所费的时间比我赶一半路的时间还要长。

再说我正需要新鲜的空气和肉体上的疲劳。这种肉体上的劳累可以缓和一下我现在的过度紧张的心情。

我拿了昂坦街上那所房子的钥匙,拿尼纳一直陪我到铁栅栏门口,我向她告别后就走了。

起初我是在跑步,因为地上刚被雨淋湿,泥泞难行,我觉得分外疲劳。这样跑了半个小时后,我浑身都湿透了,我不得不停下来。我歇了一会儿又继续赶路,夜黑得伸手不见五指,我每时每刻都怕撞到路旁的树上去,这些树突然之间呈现在我眼前,活像一些向我直奔而来的高大的魔鬼。

我碰到一两辆货车,很快我就把它们甩到后面去了。

一辆四轮马车向布吉瓦尔方向疾驰而来,在它经过我面前的时候,我心头突然出现一个希望:玛格丽特就在这辆马车上。

我停下来叫道:"玛格丽特! 玛格丽特!"

但是没有人回答我,马车继续赶它的路,我望着它渐渐远去,我又接着往前走。

我走了两个小时,到了星形广场①的栅栏门。

看到巴黎我又有了力量,我沿着那条走过无数次的长长的坡道跑了下去。

那天晚上路上连个行人也没有。

我仿佛在一个死去的城市里散步。

天色渐渐亮了。

在我抵达昂坦街的时候,这座大城市已经在蠕蠕而动,即将苏醒了。

当我走进玛格丽特家里时,圣罗克教堂的大钟正打五点。

我把我的名字告诉了看门人,他以前拿过我好些每枚值二十法郎的金币,知道我有权在清晨五点钟到戈蒂埃小姐的家中去。

因此我顺利地进去了。

我原来可以问他玛格丽特是不是在家,但是他很可能给我一个否定的答复,而我宁愿多猜疑上几分钟,因为在猜疑的时候总还是存在一线希望。

我把耳朵贴在门上,想听出一点声音,听出一点动静来。

什么声音也没有,静得似乎跟在乡下一样。

我开门走了进去。

所有的窗帘都掩得严严实实的。

我把饭厅的窗帘拉开,向卧室走去推开卧室的门。我跳到窗帘绳跟前,使劲一拉。

窗帘拉开了,一抹淡淡的日光射了进来,我冲向卧床。

床是空的!

---

① 凯旋门四周的广场。

我把门一扇一扇地打开,察看了所有的房间。

一个人也没有。

我几乎要发疯了。

我走进梳妆间,推开窗户连声呼唤普律当丝。

迪韦尔努瓦太太的窗户一直关闭着。

于是我下楼去问看门人,我问他戈蒂埃小姐白天是不是来过。

"来过的,"这个人回答我说,"跟迪韦尔努瓦太太一起来的。"

"她没有留下什么话给我吗?"

"没有。"

"你知道她们后来干什么去了?"

"她们又乘马车走了。"

"什么样子的马车。"

"一辆私人四轮轿式马车。"

这一切到底是怎么回事呢?

我拉了拉隔壁房子的门铃。

"你找哪一家,先生?"看门人把门打开后问我。

"到迪韦尔努瓦太太家里去。"

"她还没有回来。"

"你能肯定吗?"

"能,先生,这里还有她一封信,是昨天晚上送来的,我还没有交给她呢。"

看门人把一封信拿给我看,我机械地向那封信瞥了一眼。

我认出了这是玛格丽特的笔迹。

我拿过信来。

信封上写着:

> 烦请迪韦尔努瓦夫人转交迪瓦尔先生。

"这封信是给我的。"我对看门人说,我把信封上的字指给他看。

"你就是迪瓦尔先生吗?"这个人对我说。

"是的。"

"啊!我认识你,你经常到迪韦尔努瓦太太家来的。"

一到街上,我就打开了这封信。

即使在我脚下响起了一个霹雳也不会比读到这封信更使我觉得惊恐的了。

> 在你读到这封信的时候,阿尔芒,我已经是别人的情妇了,我们之间一切都完了。
>
> 回到你父亲跟前去,我的朋友,再去看看你的妹妹,她是一个纯洁的姑娘,她不懂得我们这些人的苦难。在你妹妹的身旁,你很快就会忘记那个被人叫做玛格丽特·戈蒂埃的堕落的姑娘让你受到的痛苦。她曾经一度享受过你的爱情,这个姑娘一生中仅有的幸福时刻就是你给她的,她现在希望她的生命早点结束。

当我念到最后一句话时,我觉得我快要神经错乱了。

有一忽儿我真怕倒在街上。我眼前一片云雾,热血在我太阳穴里突突地跳动。

后来我稍许清醒了一些,我环视着周围,看到别人并不关心我的不幸,他们还是照常生活,我真奇怪透了。

我一个人可抵挡不了玛格丽特给我的打击。

于是我想到了我父亲正与我在同一个城市,十分钟后我就可以到他身边了,而且他会分担我的痛苦,不管这种痛苦是什么原因造成的。

我像个疯子、像个小偷似地奔跑着,一直跑到巴黎旅馆,看见我父亲的房门上插着钥匙,我走了进去。

他在看书。

看到我出现在他面前,他并不怎么惊奇,仿佛正在等着我似的。

我一句话也不说就倒在他怀抱里,我把玛格丽特的信递给他,听任自己跌倒在他的床前,我热泪纵横地号啕大哭起来。

二十三

当生活中的一切重新走上正轨的时候,我不能相信新来的一天对我来说跟过去的日子会有什么两样。有好几次我总以为发生了什么我已经记不起来的事情使我没有能在玛格丽特家里过夜,而如果我回布吉瓦尔的话,就会看到她像我一样焦急地等着我,她会问我是谁把我留住了,使她望眼欲穿。

当爱情成了生活中的一种习惯,再要想改变这种习惯而不同时损害生活中所有其他方面的联系,似乎是不可能的。

因此我不得不经常重读玛格丽特的信,好让自己确信不是在做梦。

由于精神上受到刺激,我的身体几乎已经垮了。心中的焦虑,夜来的奔波,早晨听到的消息,这一切已使我精疲力竭。我父亲趁我极度衰弱的时候要我明确地答应跟他一起离开巴黎。

他的要求我全都同意了,我没有力量来进行一场争论,在刚遭到那么些事情以后,我需要一种真挚的感情来帮助我活下去。

我父亲非常愿意来安慰我所遭到的这种创伤,我感到十分幸福。

我能记得起来的就是那天五点钟光景,他让我跟他一起登上了一辆驿车。他叫人替我准备好行李,和他的行李捆在一起放在车子后面,一句话也没有跟我说就把我带走了。

我茫然若失。当城市消失在后面以后,旅程的寂寞又勾起了我心中的空虚。

这时候我的眼泪又涌上来了。

我父亲懂得,任何言语,即使是他说的也安慰不了我,他一句话也不跟我讲,随我去哭。只是有时候握一下我的手,似乎在提醒我有一个朋友在身边。

晚上我睡了一会儿,在梦里我见到了玛格丽特。

我突然惊醒了,弄不懂我怎么会坐在车子里面的。

随后我又想到了现实情况,我的头垂在胸前。

我不敢跟父亲交谈,总是怕他对我说:"我是不相信这个女人的爱情的,你看我说对了吧。"

他倒没有得理不让人,我们来到了C城,一路上他除了跟我讲些与我离开巴黎的原因毫不相干的话以外,别的什么也没有提。

当我抱吻我的妹妹时,我想起了玛格丽特信里提到的有关她的话。但是我立即懂得了无论我妹妹有多么好,她也不可能使我忘掉我的情人。

狩猎季节开始了,我父亲认为这是给我解闷的好机会,因此他跟一些邻居和朋友组织了几次狩猎活动,我也参加了。我既不反对也无热情,一副漠不关心的神气,自从我离开巴黎以后,我的一切行为都是没精打采的。

我们进行围猎,他们叫我守在我的位置上,我卸掉了子弹把猎枪放在身旁,人却陷入了沉思。

我看着浮云掠过,听任我的思想在寂寞的原野上驰骋。我不时地听到有个猎人叫我,向我指出离我十步远的地方有一只野兔。

所有这些细节都没有逃过我父亲的眼睛,他可没有因为我外表的平静而被蒙骗过去。他完全知道,不管我的心灵受了多大的打击,总有一天会产生一个可怕、还可能是危险的反作用,他一面尽量装得不像在安慰我,一面极力设法给我消愁解闷。

我妹妹当然不知道个中奥秘,但是她弄不懂为什么我这个一向是心情愉快开朗的人突然一下子会变得如此郁郁寡欢,心事重重。

有时候我正在黯然伤神,突然发现我父亲正在忧心忡忡地瞅着我,我伸手过去握了握他的手,似乎在默默无言地要求他原谅我无意中给他带来的痛苦。

一个月就这样过去了,但我已经无法再忍受下去了。

玛格丽特的形象一直萦回在我的脑际,我过去和现在都深深地爱着这个女人,根本不可能一下子就把她丢在脑后,我要么爱她,要么就恨她,尤其是无论是爱她还是恨她,我必须再见到她,而且要立即见到她。

我心里一有了这个念头就牢牢地生了根,这种顽强的意志在我久无生气的躯体里面又重新出现了。

这并不是说我想在将来,在一个月以后或者在一个星期以后再看到玛格丽特,而是在我有了这个念头的第二天我就要看到她;我跟父亲讲我要离开他,巴黎有些事等着我去办理,不过我很快就会回来的。

他一定猜到了我要去巴黎的原因,因为他执意不让我走;但是看到我当时满腔怒火,如果实现不了这个愿望可能会产生灾难性的后果。他抱吻了我,几乎流着眼泪要求我尽快地回到他的身边。

在到达巴黎之前,我根本没有睡过觉。

巴黎到了,我要干些什么呢?我不知道,首先当然是要看看玛格丽特怎么样了。

我到家里换好衣服,因为那天天气很好,时间还来得及,我就到了香榭丽舍大街。

半个小时以后,我远远地看到了玛格丽特的马车从圆形广场向协和广场驶来。

她的马匹已经赎回来了,车子还是老样子,不过车上却没有她。

一看到她不在马车里,我就向四周扫了一眼,看到玛格丽特正由一个我过去从未见过的女人陪着徒步走来。

在经过我身旁的时候,她脸色发白,嘴唇抽了一下,浮现出一种痉挛性的微笑。而我呢,我的心剧烈地跳动,冲击着我的胸膛,但是我总算还保持了冷静的脸色,淡漠地向我过去的情妇欠了欠身子,她几乎立即就向马车走去,和她的女朋友一起坐了上去。

我了解玛格丽特,这次不期而遇一定使她惊慌失措。她一定晓得我已经离开了巴黎,因此她对我们关系破裂之后会发生些什么后果放下了心。但是她看到我重新回来,而且劈面相逢,我脸色又是那么苍白,她一定知道我这次回来是有意图的,她一定在猜想以后会发生些什么事情。

如果我看到玛格丽特日子不怎么好过,如果我可以给她一些帮助来满足我的报复心理,我可能会原谅她,一定不会再想给她什么苦头吃。但是我看到她很幸福,至少表面上看来是这样,别人已经取代了我供应她那种我不能继续供应的奢侈生活。我们之间关系的破裂是她一手造成,因此带有卑鄙的性质,我的自尊心和我的爱情都受到了侮辱,她必须为我受到的痛苦付出代价。

我不能对这个女人的所作所为淡然处之;而最能使她感到痛苦的,也许莫过于我的无动于衷;不但要在她眼前,而且要在其他人眼前,我都必须装得若无其事。

我试着装出一副笑脸,跑到了普律当丝家里。

她的女佣人进去通报我来了,并要我在客厅里稍候片刻。

迪韦尔努瓦太太终于出现了,把我带到她的小会客室里;当我坐下的时候,只听到客厅里开门的声音,地板上响起了一阵轻微的脚步声,随后楼梯平台的门重重地关上了。

"我打扰你了吗?"我问普律当丝。

"没有的事,玛格丽特刚才在这儿,她一听到通报是你来了,她就逃了,刚才出去的就是她。"

"这么说,现在她怕我了?"

"不是的,她是怕你见到她会觉得讨厌。"

"那又为什么呢?"我紧张得透不过气来。我竭力使呼吸自然一些,接着又漫不经心地说,"这个可怜的姑娘为了重新得到她的马车、她的家具和她的钻石而离开了我,她这样做很对,我不应该责怪她,今天我已经看到过她了。"

"在哪里?"普律当丝说,她打量着我,似乎在揣摩我这个人是不是就是她过去认识的那个如此多情的人。

"在香榭丽舍大街,她跟另外一个非常漂亮的女人在一起。那个女人是谁啊?"

"什么模样的?"

"一头鬈曲的金黄色头发,身材苗条,蔚蓝色的眼睛,长得非常漂亮。"

"啊,这是奥林普,的确是一个非常漂亮的姑娘。"

"她现在有主吗?"

"没有准主儿。"

"她住在哪里?"

"特隆歇街……号,啊,原来如此,你想打她的主意吗?"

"将来的事谁也不知道。"

"那么玛格丽特呢?"

"要说我一点也不想念她,那是撒谎。但是我这个人非常讲究分手的方式,玛格丽特那么随随便便地就把我打发了,这使我觉得我过去对她那么多情是太傻了,因为我以前的确非常爱这个姑娘。"

你猜得出我是用什么样的声调来说这些话的,我的额上沁出了汗珠。

"她是非常爱你的,嗳,她一直是爱你的。她今天遇到你以后马上就来告诉我,这就是证据。她来的时候浑身发抖,像在生病一样。"

"那么她对你说什么了?"

"她对我说,'他一定会来看你的',她托我转达,请你原谅她。"

"你可以对她这样说,我已经原谅她了。她是一个好心肠的姑娘,但只不过是一个姑娘;她这样对待我,我本来是早该预料到的,我甚至还感谢她有这样的决心。因为今天我在自问我那种要跟她永不分离的想法会有什么后果。那时候我简直荒唐。"

"如果她知道你已和她一样认为必须这么做,她一定会十分高兴。亲爱的,她当时离开你正是时候。她曾经提过要把她的家具卖给他的那个混蛋经纪人,已经找到了她的债主,问他们玛格丽特到底欠了他们多少钱;这些人害怕了,准备过两天就进行拍卖。"

"那么现在呢,都还清了吗?"

"差不多还清了。"

"是谁出的钱?"

"N伯爵,啊!我亲爱的!有些人是专门干这一行的。一句话,他给了两万法郎;但他也终于达到目的了。他很清楚玛格丽特并不爱他,他却并不因此而亏待她。你已经看到了,他把她的马买了回来,把她的首饰也赎回来了,他给她的钱跟公爵给她的一样多;如果她想安安静静地过日子,这个人倒不是朝三暮四的。"

"她干些什么呢?她一直住在巴黎吗?"

"自从你走了以后,她怎么也不愿意回布吉瓦尔。所有她那些东西还是我到那儿去收拾的,甚至还有你的东西,我把它们另外包了一个小包,回头你可以叫人到这儿来取。你的东西全在里面,除了一只小皮夹子,上面有你名字的开头字母。玛格丽特要它,把它拿走了,现在在她家里,假使你一定要的话,我再去向她要回来。"

"让她留着吧。"我吞吞吐吐地说,因为在想到这个我曾经如此幸福地待过的村子,想到玛格丽特一定要留下一件我的东西作纪念,我不禁感到一阵心酸,眼泪直往外冒。

如果她在这个时候进来的话,我可能会跪倒在她脚下的。我那复仇的决心也许会烟消云散。

"此外,"普律当丝又说,"我从来也没有看到她像现在这副模样,她几乎不再睡觉了,她到处去跳舞,吃夜宵,有时候甚至还喝得醉醺醺的。最近一次夜宵后,她在床上躺了一个星期,医生刚允许她起床,她又不要命地重新开始这样的生活,你想去看看她吗?"

"有什么必要呢?我是来看你的,你,因为你对我一直很亲切,我认识你比认识玛格丽特早。就是亏了你,我才做了她的情人;也就是亏了你,我才不再做她的情人了,是不是这样?"

"啊,天哪,我尽了一切可能让她离开你,我想你将来就不会埋怨我了。"

"这样我得加倍感激你了,"我站起来又接着说,"因为我讨厌这个女人,她把我对她说的话太认真了。"

"你要走了吗?"

"是的。"

我已经了解得够多了。

"什么时候再能见到你?"

"不久就会见面的,再见。"

"再见。"

普律当丝一直把我送到门口,我回到家里,眼里含着愤怒的泪水,胸中怀着复仇的渴望。

这样说来玛格丽特真的像别的姑娘一样啦;她过去对我的真挚爱情还是敌不过她对昔日那种生活的欲望,敌不过对车马和欢宴的需要。

晚上我睡不着,我就这么想着。如果我真能像我装出来的那么冷静,平心静气地想一想,我可能会在玛格丽特这种新的火热的生活方式里看出她在希望以此来摆脱一个纠缠不休的念头,消除一个难以磨灭的回忆。

不幸的是那个邪恶的热情一直缠着我,我一门心思想找一个折磨这个可怜的女人的方法。

喔!男人在他那狭隘的欲望受到伤害时,变得有多么渺小和卑鄙啊!

我见到过的那个跟玛格丽特在一起的奥林普,如果不是玛格丽特的女朋友的话,至少也是她回到巴黎以后来往最密切的人。奥林普正要举行一次舞会,我料到玛格丽特也会去参加,我就设法去弄到了一张请帖。

当我怀着痛苦的心情来到舞会时,舞会上已相当热闹了。大家跳着舞,甚至还大声叫喊。在一次四组舞里,我看见玛格丽特在跟 N 伯爵跳舞,N 伯爵对自己能炫耀这样一位舞伴显得很神气,他似乎在跟大家说:

"这个女人是我的。"

我背靠在壁炉上,正好面对着玛格丽特,我看着她跳舞。她一看见我就不知所措,我看看她,随随便便地用手和眼睛向她打了个招呼。

当我想到在舞会结束以后,陪她走的不再是我而是这个有钱的笨蛋时;当我想到在他们回到她家里以后可能要发生的事情时,血涌上了我的脸,我要破坏他们的爱情。

女主人美丽的肩膀和半裸着的迷人的胸脯展现在全体宾客的面前,在四组舞以后,我走过去向她致意。

这个姑娘很美,从身材来看比玛格丽特还要美些。当我跟奥林普讲话的时候,从玛格丽特向她投过来的那些眼光更使我明白了这一点。一个男人做了这个女人的情人就可以和N先生感到同样的骄傲,而且她的姿色也足以引起玛格丽特过去在我身上引起过的同样的情欲。

她这时候没有情人。要做她的情人并不难,只要有钱摆阔,引她注意就行了。

我下决心要使这个女人成为我的情妇。

我一边和奥林普跳舞,一边开始扮演起追求者的角色。

半个小时以后,玛格丽特脸色苍白得像死人一样,她穿上皮大衣,离开了舞会。

二十四

这已经够她受的了,但还不行。我知道我有力量控制这个女人,我卑鄙地滥用了这种力量。

如今我想到她已经死了,我自问上帝是不是会原谅我给她所受的痛苦。

夜宵时热闹非凡,夜宵以后开始赌钱。

我坐在奥林普身旁,我下注的时候那么大胆,不能不引起她的注意。不一会儿,我就赢了一两百个路易,我把这些钱摊在我前面,她贪婪地注视着。

只有我一个人没有把全部注意力放在赌博上,而是在观察她。整个晚上我一直在赢钱,我拿钱给她赌,因为她已经把她面前的钱全都输光了,也许把她家里的钱也全都输光了。

清晨五点钟大家告辞了。

我赢了三百个路易。

所有的赌客都已经下楼,谁也没有发觉只有我一个人留在后面,因为那些客人里面没有一位是我的朋友。

奥林普亲自在楼梯上照亮,当我正要和大家一样下楼时,我转身向她走去对她说:

"我要跟你谈谈。"

"明天吧。"她说。

"不,现在。"

"你要跟我谈什么呢?"

"你就会知道的。"

我又回到了房间里。

"你输了。"我对她说。

"是的。"

"你把家里的钱全都输光了吧。"

她支支吾吾没有回答。

"老实说吧。"

"好吧,真是这样。"

"我赢了三百路易,全在这里,如果你愿意我留下来的话。"

同时我把金币扔在桌子上。

"你为什么提出这种要求?"

"老天!因为我爱你呀。"

"不是这么回事,因为你爱着玛格丽特,你是想做我的情人来报复她。我这样的女人是不会受欺骗的。遗憾的是我太年轻,太漂亮了,接受你要我扮演的角色是不合适的。"

"这么说,你拒绝了?"

"是的。"

"难道你宁愿白白地爱我吗?那我是不会接受的。你想,亲爱的奥林普,我本来可以派一个人带着我的条件来代我送上这三百个路易,这样你可能会接受的。我还是喜欢和你当面谈。接受吧,别管我这样做的原因是什么;你说你美丽,那么我爱上你也就不足为奇了。"

玛格丽特像奥林普一样是个妓女,但我在第一次看见她时决不敢对她说我刚才对这个女人说的话。这说明了我爱玛格丽特,这说明了我感到在玛格丽特身上有一些这个女人身上所缺少的东西。甚至就在我跟她谈这次交易的时候,尽管她长得千娇百媚,我还是非常讨厌这个和我谈生意的女人。

当然啦,她最后还是接受了。中午我从她家里出来时我已经是她的情人。为了我给她的六千法郎,她认为不能不好好地和我说些情话,亲热一番;但是我一离开她的床,就把这一切抛到脑后去了。

然而也有人为了她而倾家荡产的。

从这一天起,我每时每刻都在虐待玛格丽特。奥林普和她不再见面了,原因你也可想而知。我送了一辆马车和一些首饰给我新结交的情妇,我赌钱,最后我就像一个爱上了奥林普这样一个女人的男人一样做了各种各样的荒唐事,我又有了新欢的消息很快就传开了。

普律当丝也上了当,她终于也相信我已经完全忘记了玛格丽特。对玛格丽特来说,要么她已经猜到了我这样做的动机,要么她和别人一样受骗了。她怀着高度的自尊心来对付我每天给她的侮辱。不过她看上去很痛苦,因为不论我在哪里遇到她,我看到她的脸色总是一次比一次苍白,一次比一次忧伤。我对她的爱情过于强烈以致变成了仇恨,看到她每天都这样痛苦,我心里很舒服。有几次在我卑鄙残酷地折磨她时,玛格丽特用她苦苦哀求的眼光望着我,以致我对自己扮演的那种角色感到脸红,我几乎要求她原谅我了。

但是这种内疚的心情转瞬即逝,而奥林普最后把自尊心全都撇在一边,她知道只要折磨玛格丽特就可以从我这里得到她需要的一切。她不断地挑唆我和玛格丽特为难,一有机会她就凌辱玛格丽特,像一个后面有男人撑腰的女人一样,她的手段总是非常卑怯的。

玛格丽特最后只能不再去参加舞会,也不去戏院看戏了,她害怕在那些地方遇到奥林普和我。这时候写匿名信就代替了当面挑衅,只要是见不得人的事,都往玛格丽特身上栽;让我情妇去散布,我自己也去散布。

只有疯子才会做出这些事情来,那时候我精神亢奋,就像一个灌饱了劣酒的醉汉一样,很可能手里在犯罪,脑子里还没有意识到。在干这一切事情的时候,我心里是非常痛苦的。面对我这些挑衅,玛格丽特的态度是安详而不轻蔑,尊严而不傲慢,这使我觉得她比我高尚,也促使我更加生她的气。

一天晚上,不晓得奥林普在哪里碰到了玛格丽特,这一次玛格丽特没有放过这个侮辱她的蠢姑娘,一直到奥林普不得不让步才罢休。奥林普回来时怒气冲冲,玛格丽特则在昏厥中被抬了回去。

奥林普回来以后,对我诉说了刚才发生的事情,她对我说,玛格丽特看到她只有一个人就想报仇,因为她做了我的情妇。奥林普要我写信告诉她,以后不管我在不在场,她都应该尊敬我所爱的女人。

不用多说,我同意这样做了。我把所有我能找到的挖苦的、羞辱的和残忍的话一股脑儿全写在这封信里面,这封信我当天就寄到了她的家里。

这次打击太厉害了,这个不幸的女人不能再默默地忍受了。

我猜想一定会收到回信的。因此我决定整天不出门。

两点钟光景有人拉铃,我看到普律当丝进来了。

我试着装出一副若无其事的模样问她来找我有什么事。这天迪韦尔努瓦太太可一丝笑容也没有,她用一种严肃而激动的声调对我说,自从我回到巴黎以后,也就是说将近三个星期以来,我没有放过一次机会不折磨玛格丽特,因此她生病了。昨天晚上那场风波和今天早晨我那封信使她躺倒在床上。

总之,玛格丽特并没有责备我,而是托人向我求情,说她精神上和肉体上再也忍受不了我对她的所作所为。

"戈蒂埃小姐把我从她家里赶走,"我对普律当丝说,"那是她的权利,但是她要侮辱一个我所爱的女人,还借口说这个女人是我的情妇,这我是绝对不能答应的。"

"我的朋友,"普律当丝对我说,"你受了一个既无头脑又无心肝的姑娘的影响了;你爱她,这是真的,但这不能成为可以欺凌一个不能自卫的女人的理由呀。"

"让戈蒂埃小姐把她的 N 伯爵给我打发走,我就算了。"

"你很清楚她是不会这样干的。因此,亲爱的阿尔芒,你让她安静点吧。如果你看到她,你会因为你对待她的方式感到惭愧。她脸色苍白,她咳嗽,她活不多久了。"

普律当丝伸手给我,又加了一句:

"来看看她吧,你来看她,她会非常高兴的。"

"我不愿碰到N先生。"

"N先生决不会在她家里,她受不了他。"

"倘使玛格丽特一定要见我,她知道我住在哪儿,让她来好啦,我是不会再到昂坦街去了。"

"那你会好好接待她吗?"

"一定招待周到。"

"好吧,我可以肯定她会来的。"

"让她来吧。"

"今天你出去吗?"

"整个晚上我都在家。"

"我去对她说。"

普律当丝走了。

我甚至没有给奥林普写信,告诉她我不到她那里去了,对这个姑娘我是随随便便的。一星期我难得和她过上一夜。我相信她会从大街上随便哪一家戏院的男演员那儿得到安慰的。

我吃晚饭时出去了一下,几乎马上就赶了回来。我吩咐把所有的炉子都点上火,还把约瑟夫打发走了。

我无法把我等待着的那一个小时里的种种想法告诉你,我心情太激动了。当我在九点左右听到门铃声的时候,我百感交集,心乱如麻,以致去开门的时候,不得不扶着墙壁以防跌倒。

201

幸好会客室里光线暗淡,不容易看出我那变得很难看的脸色。

玛格丽特进来了。

她穿了一身黑衣服,还蒙着面纱,我几乎认不出她在面纱下的脸容。

她走进客厅,揭开了面纱。

她的脸像大理石一样惨白。

"我来了,阿尔芒,"她说,"你希望我来,我就来了。"

随后,她低下头,双手捂着脸痛哭起来。

我向她走去。

"你怎么啦?"我对她说,我的声音都变了。

她紧紧握住我的手,不回答我的话,因为她已经泣不成声。过了一会儿,她平静了一些,就对我说:

"你害得我好苦,阿尔芒,而我却没有什么对不起你。"

"没有什么对不起我吗?"我带着苦笑争辩说。

"除了环境逼得我不得不做的以外,我什么也没有做。"

我看到玛格丽特时心里所产生的感觉,不知道在你的一生中是否感受过,或者在将来是否会感受到。

最后一次她到我家里来的时候,她就是坐在她刚坐下的地方。只不过从此以后,她已成为别人的情妇;她的嘴唇不是被我,而是被别人吻过了,但我还是不由自主地把嘴唇凑了上去。我觉得我还是和以前一样爱着这个女人,可能比以前爱得还要热烈些。

然而我很难开口谈为什么叫她到这里来的理由,玛格丽特大概了解了我的意思,因为她接着又说:

"我打扰你了,阿尔芒,因为我来求你两件事:原谅我昨天对奥林普小姐说的话；别再做你可能还要对我做的事，饶了我吧。不论你是不是有意的，从你回来以后，你给了我很多痛苦，我已经受不了啦，即使像我今天早晨所受的痛苦的四分之一，我也受不了啦！你会可怜我的，是不是？而且你也明白，像你这样一个好心肠的人，还有很多比对一个像我这样多愁多病的女人报复更加高尚的事要干呢。你摸摸我的手，我在发烧，我离开卧床不是为了来向你要求友谊，而是请你别再把我放在心上了。"

我拿起玛格丽特的手，她的手果然烧得烫人，这个可怜的女人裹在天鹅绒大衣里面，浑身哆嗦。

我把她坐着的扶手椅推到火炉边上。

"你以为我就不痛苦吗？"我接着说，"那天晚上我先在乡下等你，后来又到巴黎来找你，我在巴黎只是找到了那封几乎使我发疯的信。

"你怎么能欺骗我呢，玛格丽特，我以前是多么爱你啊！"

"别谈这些了，阿尔芒，我不是来跟你谈这些的。我希望我们不要像仇人似的见面，仅此而已。我还要跟你再握一次手，你有了一位你喜欢的、年轻美貌的情妇，愿你俩幸福，把我忘了吧。"

"那么你呢，你一定是幸福的啦？"

"我的脸像一个幸福的女人吗？阿尔芒，别拿我的痛苦来开玩笑，你比谁都清楚我痛苦的原因和程度。"

"如果你真像你所说的那样不幸，那么你要改变这种状况也取决于你自己呀。"

"不，我的朋友，我的意志犟不过客观环境，你似乎是说我顺从了我做妓女的天性。不是的，我服从了一个严肃的需要,这些原因你总有一天会知道的,你也会因此原谅我。"

"这些原因你为什么不在今天就告诉我呢?"

"因为告诉了你这些原因也不可能使我们重归于好,也许还会使你疏远你不应该疏远的人。"

"这些人是谁?"

"我不能跟你说。"

"那么你是在撒谎。"

玛格丽特站起身来,向门口走去。

当我在心里把这个形容枯槁、哭哭啼啼的女人和当初在喜剧歌剧院嘲笑我的姑娘作比较时,我不能看着她的沉默和痛苦的表情而无动于衷。

"你不能走。"我拦在门口说。

"为什么?"

"因为,尽管你这样对待我,我一直是爱你的,我要你留在这里。"

"为了在明天赶我走,是吗?不,这是不可能的!我们两个人的缘分已经完了,别再想破镜重圆了;否则你可能会轻视我,而现在你只是恨我。"

"不,玛格丽特,"我嚷道,一面觉得一遇上这个女人,我所有的爱和欲望都复苏了,"不,我会把一切都忘记的,我们将像过去曾经相许过的那么幸福。"

玛格丽特疑惑地摇摇头,说道:

"我不就是你的奴隶,你的狗吗?你愿意怎样就怎样吧,把我拿去吧,我是属于你的。"

她脱掉大衣,除下帽子,把它们全都扔在沙发上,突然她开始解裙服上衣的搭扣,由于她那种疾病的一种经常性的反应,血从心口涌上头部,使她透不过气来。

接着是一阵嘶哑的干咳。

"派人去关照我的车夫,"她接着说,"把马车驶回去。"

我亲自下楼把车夫打发走了。

当我回来的时候,玛格丽特躺在炉火前面,冷得牙齿格格直响。

我把她抱在怀里,替她脱衣服,她一动也不动,全身冰冷,我把她抱到了床上。

于是我坐在她身边,试着用我的爱抚来暖和她,她一句话也不跟我说,只是对我微笑着。

喔!这真是一个奇妙的夜晚,玛格丽特的生命几乎全部倾注在她给我的狂吻里面。我是这样地爱她,以致在我极度兴奋的爱情之中,我曾想到是不是杀了她,让她永远不会属于别人。

一个人的肉体和心灵都像这样地爱上一个月的话,就只能剩下一具躯壳了。

天亮了,我们两人都醒了。

玛格丽特脸色灰白。她一句话也不说,大颗的泪珠不时从眼眶里滚落在她的面颊上,像金刚钻似地闪闪发光,她疲乏无力的胳臂不住地张开来拥抱我,又无力地垂落到床上。

有一时我想我可以把离开布吉瓦尔以来的事统统忘记掉,我对玛格丽特说:

"你愿不愿意跟我一起走?让我们一起离开巴黎。"

"不,不,"她几乎带着恐惧地说,"我们以后会非常不幸的,我不能再为你的幸福效劳,但只要我还剩下一口气,你就可以把我随心所欲,不管白天或者黑夜,只要你需要我,你就来,我就属于你的,但是不要再把你的前途和我的前途连在一起,这样你会非常不幸,也会使我非常不幸。

"我眼下还算是一个漂亮姑娘,好好享用吧,但是别向我要求别的。"

在她走了以后,我感到寂寞孤单,非常害怕。她走了已有两个小时了,我还是坐在她适才离开的床上,凝视着床上的枕头,上面还留着她头形的皱褶,一面考虑着在我的爱情和嫉妒之间我将变成什么样子。

五点钟,我到昂坦街去了,我也不知道我要上那儿去干什么。

替我开门的是拿尼纳。

"夫人不能接待你。"她尴尬地对我说。

"为什么?"

"因为N伯爵先生在这里,他不让我放任何人进去。"

"是啊,"我支支吾吾地说,"我忘了。"

我像个醉汉似的回到了家里,你知道在我那嫉妒得发狂的一刹那间我干了什么?这一刹那就足够我做出一件可耻的事,你知道我干了什么?我心想这个女人在嘲笑我,我想象她在跟伯爵两人促膝谈心,对他重复着她昨天晚上对我讲过的那些话,还不让打扰他们。于是我拿起一张五百法郎的钞票,写了下面几个字一起给她送了去。

> 今天早晨你走得太匆忙了,我忘了付钱给你。这是你的过夜钱。

当这封信被送走以后,我就出去了,仿佛想逃避做了这件卑鄙的事情以后出现的一阵内疚。

我到奥林普家里去,我见到她在试穿衣服,当我们只剩下两个人时,她就唱些下流的歌曲给我散心。

这个女人完全是一个不知羞耻、没有心肝、缺少才智的妓女的典型,至少对我来说是这样,因为也许有别的男人会跟她一起做我跟玛格丽特一起做过的那种美梦。

她问我要钱,我给了她,于是就可以走了,我回到了自己家里。

玛格丽特没有给我回信。

不用跟你说第二天我是在怎样激动的心情下度过的。

六点半,一个当差给我送来了一封信,里面装着我那封信和那张五百法郎的钞票,此外一个字也没有。

"是谁把这封信交给你的?"我对那个人说。

"一位夫人,她和她的使女一起到布洛涅①去了,她吩咐我等驿车驶出庭院之后再把信送给你。"

我跑到玛格丽特家里。

"太太今天六点钟动身到英国去了。"看门人对我说。

没有什么可以再把我留在巴黎了,既没有恨也没有爱。由于受到这一切冲击我已精疲力竭。我的一个朋友要到东方去旅行,我对父亲说我想陪他一起去;我父亲给了我一些汇票和介绍信。八九天以后,我在马赛上了船。

在亚历山大②,我从一个我曾在玛格丽特家里见过几面的大使馆随员那里,知道了这个可怜的姑娘的病况的。

于是我写了一封信给她,她写给我一封回信,我是在土

---

① 布洛涅,法国一重要渔港,靠近英吉利海峡。
② 亚历山大,埃及的一个重要港口。

伦①收到的,你已经看到了。

我立刻就动身回来,以后的事你都知道了。

现在你只要读一下朱利·迪普拉交给我的那些日记就行了,这是我刚才对你讲的故事的不可缺少的补充。

二十五

阿尔芒的这个长篇叙述,经常因为流泪而中断。他讲得很累,把玛格丽特亲手写的几页日记交给我以后,他就双手捂着额头,闭上了眼睛,可能是在凝思,也可能是想睡一会儿。

过了一会儿,听到他发出了一阵比较急促的呼吸声,说明阿尔芒已经睡着了,但是睡得不那么熟,一点轻微的声音就会把他惊醒的。

下面就是我看到的内容,我一字不改地抄录了下来:

今天是十二月十五日,我已经病了三四天了。今天早晨我躺在床上,天色阴沉,我心情忧郁;我身边一个人也没有,我在想你,阿尔芒。而你呢,我在写这几行字的时候,你在哪里啊?有人告诉我说,你在离巴黎很远很远的地方,也许你已经忘记了玛格丽特。总之,愿你幸福,我一生中仅有的一些欢乐时刻是你给我的。

我再也忍不住了,我要把我过去的行为给你作一番解释,我已经给你写过一封信了,但是一封由我这样一个姑娘写的信,很可能被看作是满纸谎言;除非我死了,由于死亡的权威

① 土伦,法国地中海沿岸的一个城市。

而使这封信神圣化；除非这不是一封普通的信，而是一份忏悔书，才会有人相信。

今天我病了，我可能就此一病至死。因为我一直预感到我的寿命不会太长了。我母亲是生肺病死的，这种病是她留给我的惟一遗产；而我那一贯的生活方式只会使我的病加重。我不愿意悄悄死去而不让你弄清楚关于我的一切事情，万一你回来的时候，你还在留恋那个你离开以前还爱着的姑娘的话。

以下就是这封信的内容，为了给我的辩解提供一个新的证明，我是非常高兴把它再写一遍的。

阿尔芒，你还记得吗？在布吉瓦尔的时候，你父亲到来的消息是怎样把我们吓了一跳的吧；你还记得你父亲的到来引起我不由自主的恐惧吧；你还记得你在当天晚上讲给我听的关于你和他之间发生的事情吧。

第二天，当你还在巴黎等着你父亲、可是总不见他回来的时候，一个男子来到我家里，交给我一封迪瓦尔先生的来信。

这封信我现在附在这里，它用最严厉的语气要求我第二天借故把你遣开，以便接待你的父亲；你父亲有话要和我谈，他特别叮嘱我一点也不要把他的举动讲给你听。

你还记得在你回来以后，我是怎样坚持要你第二天再到巴黎去的吧。

你走了一个小时以后，你父亲就来了。他严峻的脸色给我的印象也不用我对你多说了。你父亲满脑子都是旧观念，他认为凡是妓女都是一些没有心肝、没有理性的生物，她们是一架榨钱的机器，就像钢铁铸成的机器一样，随时随地都会把递东西给它的手压断，毫不留情、不分好歹地粉碎保养它和驱使它的人。

你父亲为了要我同意接待他,写了一封很得体的信给我;但他来了以后却不像他信上所写的那样客气。谈话开始的时候,他盛气凌人,傲慢无礼,甚至还带着威胁的口吻,以致我不得不让他明白这是在我的家里,要不是为了我对他的儿子有真挚的感情,我才没有必要向他报告我的私生活呢。

迪瓦尔先生稍许平静了一些,不过他还是对我说他不能再听任他儿子为我弄得倾家荡产。他说我长得漂亮,这是事实,但是不论我怎么漂亮,也不应该凭借我的姿色去挥霍无度,去牺牲一个年轻人的前途。

对这个问题只能用一件事来回答,是不是?我只有提出证据说明,自从我成为你的情妇以来,为了对你保持忠实,而又不再向你要求过超出你经济能力的钱财,我不惜作出了任何牺牲。我拿出当票来给他看,有些我不能典当的东西我卖掉了,我把买主的收条给他看,我还告诉你父亲,为了跟你同居而又不要成为你一个过重的负担,我已经决定变卖我的家具来还债。我把我们的幸福,你对我讲过的一个比较平静和比较幸福的生活讲给他听,他终于明白了,把手伸向我,要我原谅他开始时对我耍的态度。

接着他对我说:

"那么,夫人,这样的话我就不是用指责和威胁,而是用请求来请你作出一种牺牲,这种牺牲比你已经为我儿子所作的牺牲还要大。"

我一听这个开场白就全身颤抖。

你父亲向我走来,握住我两只手,亲切地接着说:

"我的孩子,请你别把我就要跟你讲的话往坏的方面想;

不过你要懂得生活对于心灵有时是残酷的,但这是一种需要,所以必须忍受。你心地好,你的灵魂里有很多善良的想法是一般女人所没有的,她们也许看不起你,但却及不上你。不过请你想一想,一个人除了情妇之外还有家庭;除了爱情之外还有责任;要想到一个人在生活中经过了充满激情的阶段以后就到了需要受人尊敬的阶段,这就需要有一个稳固的靠得住的地位。我儿子没有财产,然而他准备把他从母亲那里继承来的财产过户给你。如果他接受了你即将作出的牺牲,他也许出于荣誉和尊严就要把他这笔财产给你作为报答。你有了这笔财产,生活就永远不会受苦。但是你的这种牺牲他不能接受,因为社会不了解你,人们会以为同意接受你的牺牲可能出自于一个不光彩的原因,以致玷辱我家的门楣。人们可不管阿尔芒是不是爱你,你是不是爱他;人们可不管这种相互之间的爱情对他是不是一种幸福,对你是不是说明在重新做人;人们只看到一件事,就是阿尔芒·迪瓦尔竟然能容忍一个妓女,我的孩子,请原谅我不得不对你说的这些话,容忍一个妓女为了他而把所有的东西统统卖掉。往后的日子就是埋怨和懊悔,相信这句话吧,对你和别人都一样,你们两个人就套上了一条你们永远不能砸碎的锁链。那时候你们怎么办呢?你们的青春将要消逝,我儿子的前途将被断送;而我,他的父亲,我原来等待着两个孩子的报答,却只能有一个孩子来报答我了。

"你年轻漂亮,生活会给你安慰的;你是高贵的,做一件好事可以赎清你很多过去的罪过。阿尔芒认识你才六个月,他就忘记了我。我给他写了四封信,他一次也没有想到写回信给我,也许我死了他还不知道呢!

"阿尔芒是那么爱你,不管你怎样下决心今后不再像过去那样生活,他也决不会因他的景况不佳而让你过苦日子的,而清苦生活跟你的美貌是不相称的。到那时候,谁知道他会干出些什么事来!我知道他已经在赌钱了,我也知道他没有对你讲过;但是他很可能在感情冲动的时候,把我多年积蓄起来的钱输掉一部分。这些钱是为了替我女儿置嫁妆,也是为了阿尔芒,也是为了我老来能有一个安静的晚年而储存起来的,还得准备应付其他可能发生的意外事情。

"再说你是不是可以肯定你再也不会留恋为了他而抛弃的那种生活呢?你过去是爱他的,你是不是能肯定以后决不再爱别人呢?随着年龄的增长,如果爱情的梦想让位于对事业的勃勃雄心,你们的关系就会给你情人的生活带来某些你可能无法逾越的障碍,到那时候,难道你不觉得痛苦吗?夫人,这一切你要考虑考虑,你爱阿尔芒,你就只能用这个方式向他证明你的爱情:为他的前途而牺牲你的爱情。现在还没有发生什么不幸的事,但是以后会发生的,可能比我预料的还要糟。阿尔芒可能会嫉妒一个曾经爱过你的人,他会向他挑衅,会和他决斗,最后他还会被杀死。你想想,到那时候,在我面前,在这个要求你为他儿子生命负责的父亲面前,你将会感到多么痛苦啊!

"总之,我的孩子,把一切全告诉了你吧,因为我还没有把一切全说出来,要知道我是为什么到巴黎来的。我有一个女儿,我刚才跟你提到过她,她年轻漂亮,像一个天使那样纯洁。她在恋爱,她同样也在把这种爱情当作她一生的美梦。我把这一切都写信告诉阿尔芒了,但是他的全部心思都在你身上,他没有给我写回信。现在我的女儿快要结婚了,她要嫁给她心爱的男人，她要走进一个体面的家庭，这个家庭希望能门当户对。我未来的女婿家庭知道了阿尔芒在巴黎的行为，向我宣称，如果阿尔芒继续这样生活下去，他们将收回前言。一个女孩子的前途就掌握在你手里了，她可从来没有冒犯过你啊，而且她是应该有一个美好的未来的。

"你有权利去破坏她未来的美好生活吗？你下得了手吗？既然你爱阿尔芒，既然你痛悔前非，玛格丽特，把我女儿的幸福给我吧。"

我的朋友，面对这些过去经常在我脑海里翻腾的事情，我只能吞声饮泣，而且这些事情出自于你父亲嘴里，这就更加证明了它们是非常现实的。我心里想着所有那些你父亲已经多次到了嘴边，但又不敢对我讲的话：我只不过是一个妓女，不管我讲得多么有理，这种关系看起来总是像一种自私的打算；我过去的生活已经使我没有权利来梦想这样的未来，那么我必须对我的习惯和名誉所造成的后果承担责任。总之，我爱你，阿尔芒。迪瓦尔先生对我像父亲般的态度，我对他产生了纯洁的感情，我就要赢得的这个正直的老人对我的尊敬，我相信以后也必定会得到的你对我的尊敬，所有这一切都在我心里激起了一个崇高的思想，这些思想使我在自己心目中变得有了价值，并使我产生了一种从未有过的圣洁的自豪感。当我想到这个为了他儿子的前途而向我恳求的老年人，有一天会告诉她女儿要把我的名字当作一个神秘的朋友的名字来祈祷，我的思想境界就与过去截然不同了，我的内心充满了骄傲。

一时的狂热可能夸大了这些印象的真实性，但这就是我当时的真实想法。朋友，回忆起和你一起度过的幸福日子使我心里有了些设想，但有了这些新的感情以后，我也就顾不上这些设想了。

"好吧，先生，"我抹着眼泪对你父亲说，"你相信我爱你的儿子吗？"

"相信的。"迪瓦尔先生说。

"是一种无私的爱情吗？"

"是的。"

"我曾经把这种爱情看做我生活的希望，梦想和安慰。你相信吗？"

"完全相信。"

"那么先生，就像吻你女儿那样地吻我吧，我向你发誓。这个我所得到的惟一真正纯洁的吻会给我战胜爱情的力量，一星期以内，你儿子就会回到你身边，他可能会难受一个时期，但他从此就得救了。"

"你是一位高贵的姑娘，"你父亲吻着我的前额说，"你要做的是一件上帝也会赞许的事，但是我很怕你对我儿子将毫无办法。"

"喔，请放心，先生，他会恨我的。"

我们之间必须有一道不可逾越的障碍，为了我，也为了你。

我写信给普律当丝，告诉她我接受了N伯爵先生的要求，要她去对伯爵说，我将和他们两人一起吃夜宵。

我封好信，也不跟你父亲说里面写了些什么，我请他到巴黎以后叫人把这封信按地址送去。

不过他还是问我信里写了些什么？

"写的是你儿子的幸福。"我回答他说。

你父亲最后又吻了我一次。我感到有两滴感激的泪珠滴落在我的前额上,这两滴泪珠就像对我过去所犯的错误的洗礼。就在我刚才同意委身于另一个男子的时候,一想到用这个新的错误所赎回的东西时我自豪得满脸生光。

这是非常自然的,阿尔芒;你曾经跟我讲过你父亲是世界上最正直的人。

迪瓦尔先生坐上马车走了。

可我毕竟是个女人,当我重新看见你时,我忍不住哭了,但是我没有动摇。

今天我病倒在床上,也许要到死才能离开这张床。我心里在想:"我做得对吗?"

当我们不得不离别的时刻越来越近时,我的感受你是亲眼看到的。你父亲已经不在那里,没有人支持我了。一想到你要恨我,要看不起我,我有多么惊慌啊,有一忽儿我几乎要把一切都说给你听了。

有一件事你可能不会相信,阿尔芒,这就是我请求上帝给我力量。上帝赐给了我向他祈求的力量,这就证明了它接受了我的牺牲。

在那次吃夜宵的时候,我还是需要有人帮助,因为我不愿意知道我要做些什么,我多么怕我会失掉勇气啊!

有谁会相信我,玛格丽特·戈蒂埃,在想到又要有一个新情人的时候,竟然会如此的悲伤?

为了忘却一切,我饮酒,第二天醒来时我睡在伯爵的床上。

这就是全部事实真相,朋友,请你评判吧。原谅我吧,就像我已经原谅了你从那天起所给我的一切苦难一样。

二十六

在那决定命运的一夜以后所发生的事情,你跟我一样清楚,但是在我们分离以后我所受的痛苦你却是不知道,也是想象不到的。

我知道你父亲已把你带走,但是我不太相信你能离开我而长期生活下去,那天我在香榭丽舍大街遇到你时我很激动,但是我并不感到意外。

然后就开始了那一连串的日子,在那些日子里你每天都要想出点新花样来侮辱我,这些侮辱可以说我都愉快地接受了,因为除了这种侮辱是你始终爱我的证据以外,我似乎觉得你越是折磨我,等到你知道真相的那一天,我在你眼里也就会显得越加崇高。

不要为我这种愉快的牺牲精神感到惊奇,阿尔芒,你以前对我的爱情已经把我的心灵向着崇高的激情打开了。

但是我不是一下子就这样坚强的。

在我为你作出牺牲和你回来之间有一段很长的时间,在这段时间里为了不让自己发疯,为了在我投入的那种生活中去自我麻醉,我需要求助于肉体上的疲劳。普律当丝已经对你讲了,是不是?我一直像在过节一样,我参加所有的舞会和宴饮。

在这样过度的纵情欢乐之后,我多么希望自己快些死去;而且,我相信这个愿望不久就会实现的,我的健康无疑是越来越糟了。在我请迪韦尔努瓦太太来向你求饶的时候,我在肉体上和灵魂上都已极度衰竭。

阿尔芒,我不想向你提起,在我最后一次向你证明我对你的爱情时,你是怎样报答我的,你又是用什么样的凌辱来把这个女人赶出巴黎的。这个垂死的女人在听到你向她要求一夜恩爱的声音时感到无法拒绝,她像一个失去理智的人,曾一时以为这个夜晚可以把过去和现在重新连接起来。阿尔芒,你有权做你做过的事,别人在我那里过夜,出的价钱并不总是那么高的!

于是我抛弃了一切,奥林普在N先生身边代替了我,有人对我说,她已经告诉了他我离开巴黎的原因。G伯爵在伦敦,他这种人对于跟像我这样的姑娘的爱情关系只不过看做一种愉快的消遣。他和跟他相好过的女人总是保持着朋友关系,既不怀恨在心,也不争风吃醋,总之他是一位阔老爷,他只向我们打开他心灵的一角,但是他的钱包倒是向我们敞开的。我立即想到了他,就去找了他,他非常殷勤地接待了我,但是他在那边已经有了一个情妇,是一个上流社会的女人。他怕与我之间的事情张扬出去对他不利,便把我介绍给了他的朋友们。他们请我吃夜宵,吃过夜宵,其中有一个人就把我带走了。

你要我怎么办呢,我的朋友?

自杀吗?这可能给你应该是幸福的一生带来不必要的内疚;再说,一个快要死的人为什么还要自杀呢?

我成了没有灵魂的躯壳,没有思想的东西,我行尸走肉般地过了一段时期这样的生活,随后我又回到巴黎,打听你的消息,这我才知道你已经出远门去了。我得不到任何支持,我的生活又恢复到两年前我认识你时一样了,我想再把公爵找回来,但是我过分地伤了这个人的心,而老年人都是没有耐心的,大概因为他们觉得自己不是长生不老的。我的病况日益严重,我脸色苍白,我心情悲伤,我越来越瘦,购买爱情的男人在取货以前是要先看看货色的。巴黎有的是比我健康、比我丰满的女人,大家有点把我忘记了,这些就是今天以前发生的事情。

现在我已经完全病倒了。我已写信给公爵问他要钱,因为我已经没有钱了,而债主们都来了,他们一点同情心也没有,带着借据逼我还债。公爵会给我回信吗?阿尔芒,你为什么不在巴黎啊!如果你在的话,你会来看我的,你来了会使我得到安慰。

十二月二十日

天气很可怕,又下着雪,我孤零零地一个人在家里,三天来我一直在发高烧,没有跟你写过一个字。没有什么新情况,我的朋友,每天我总是痴心妄想能收到你一封信,但是信没有来,而且肯定是永远不会来的了。只有男人才硬得起心肠不给人宽恕。公爵没有给我回信。

普律当丝又开始上当铺了。

我不停地咳血。啊!如果你看见我,一定会难受的。你在一个阳光明媚,气候温和的环境中是很幸福的,不像我那样,冰雪的严冬整个压在我胸口上。今天我起来了一会儿,隔着窗帘,我看到了窗外的巴黎生活,这种生活我已经跟它绝缘了。有几张熟脸快步穿过大街,他们欢乐愉快,无忧无虑,没有一个人抬起头来望望我的窗口。但是也有几个年轻人来过,留下了姓名。过去曾有过一次,在我生病的时候,你每天早晨都来打听我的病况,而那时候你还不认识我,你只是在我第一次认识你的时候从我那里得到过一次无礼的接待。我现在又病了,我们曾在一起过了六个月,凡是一个女人的心里能够容纳得下和能够给人的爱情,我都拿出来给了你。你在远方,你在咒骂我,我得不到你一句安慰的话。但这是命运促成你这样遗弃我的,这我是深信不疑的,因为如果你在巴黎,你是不会离开我的床头和我的房间的。

十二月二十五日

我的医生不准我天天写信。的确,我回首往事只能使我的热度升高。但是昨天我收到了一封信,这封信使我感到舒服了些,这封信所表达的感情要比它给我带来的物质援助更让我高兴。因此我今天可以给你写信了。这封信是你父亲寄来的。下面就是这封信的内容。

夫人:

我刚刚知道你病了,如果我在巴黎的话,我会亲自来探问你的病情,如果我儿子在身旁的话,我会叫他去打听你的消息的;但是我不能离开 C 城,阿尔芒又远在六七百法里之外。请允许我跟你写封简单的信吧。夫人,对你的病我感到非常难过,请相信我,我诚挚地祝愿你早日痊愈。

我一位好朋友 H 先生要到你家里去,请接待他。我请他代我办一件事,我正焦急地等待着这件事的结果。

致以最亲切的问候。

这就是我接到的那封信,你父亲有一颗高贵的心,你要好好爱他,我的朋友,因为世界上值得爱的人不多,这张签着他

219

姓名的信纸比我们最著名的医生开出的所有的药方要有效得多。

今天早晨，H先生来了，他对迪瓦尔先生托付给他的微妙的任务似乎显得很为难，他是专门来代你父亲带一千埃居给我的。起先我是不想要的，但是H先生对我说，如果我不收下的话会使迪瓦尔先生不高兴，迪瓦尔先生授权他先把这笔钱给我，随后再满足我其他的需要。我接受了这个帮助，这个来自你父亲的帮助不能算是施舍。如果你回来的时候我已经死了，请把我刚才写的关于他的那一段话给他看，并告诉他，他好心给她写慰问信的那个可怜的姑娘在写这几行字的时候流下了感激的眼泪，并为他向上帝祈祷。

一月四日

我刚才挨过了一些非常痛苦的日子。我从来没想到肉体会使人这样痛苦。呵！我过去的生活啊！今天我加倍偿还了。

每天夜里都有人照料我，我喘不过气来。我可怜的一生剩下来的日子就这样在说胡话和咳嗽中度过。

餐室里放满了朋友们送来的糖果和各式各样的礼物。在这些人中间，肯定有些人希望我以后能做他们的情妇。如果他们看到病魔已经把我折磨成了什么样子，我想他们一定会吓得逃跑的。

普律当丝用我收到的礼物来送礼。

天气冷得都结冰了，医生对我说如果天气一直晴朗下去的话，过几天我可以出去走走。

一月八日

　　昨天我坐着我的马车出门,天气很好。香榭丽舍大街人头攒动,真是一个明媚的早春。四周一片欢乐的气象。我从来也没有想到过,我还能在阳光下找到昨天那些使人感到喜悦、温暖和安慰的东西。

　　所有的熟人我几乎全碰到了,他们一直是那么笑逐颜开,忙于寻乐。身在福中不知福的人有那么多啊!奥林普坐在一辆 N 先生送给她的漂亮的马车里经过,她想用眼光来侮辱我。她不知道我现在根本没有什么虚荣心了。一个好心的青年,我的老相识,问我是不是愿意去跟他一起吃夜宵,他说他有一个朋友非常希望认识我。

　　我苦笑了笑,把我烧得滚烫的手伸给他。

　　我从未见过谁的脸色有他那么惊惶的。

　　我四点钟回到家里,吃晚饭时胃口还相当好。

　　这次出门对我是有好处的。

　　一旦我病好起来的话,那该有多好啊!

　　有一些人在前一天还灵魂空虚,在阴沉沉的病房里祈求早离人世,但是在看到了别人的幸福生活以后居然也产生了一种想继续活下去的希望。

一月十日

　　希望病愈只不过是一个梦想。我又躺倒了,身上涂满了烫人的药膏。过去千金难买的身躯今天恐怕是一钱不值了!

　　我们一定是前世作孽过多,再不就是来生将享尽荣华,所以上帝才会使我们这一生历尽赎罪和磨炼的煎熬。

一月十二日

我一直很难受。

N伯爵昨天送钱给我,我没有接受。这个人的东西我都不要,就是为了他才害得你不在我身边。

哦!我们在布吉瓦尔的日子有多美啊!它们在哪里啊?

如果我能活着走出这个房间,我一定要去朝拜那座我们一起住过的房子,但看来我只能被抬着出去了。

谁知道我明天还能不能写信给你?

一月二十五日

已经有十一个夜晚我没法安睡了,我闷得透不过气来,每时每刻我都以为我要死了。医生嘱咐不能再让我动笔。朱利·迪普拉陪着我,她倒允许我跟你写上几行。那么在我死以前你就不会回来了吗?我们之间的关系就此永远完了吗?我似乎觉得只要你来了,我的病就会好的。可是病好了又有什么用呢?

一月二十八日

今天早晨我被一阵很大的声音惊醒了。睡在我房里的朱利马上跑到饭厅里去。我听到朱利跟一些男人在争吵,但没有用处,她哭着回来了。

他们是来查封的。我对朱利说让他们去干他们称之为正义的事吧。执达吏戴着帽子走进了我的房间。他打开所有的抽屉,把他看见的东西都登记下来,他仿佛没有看见床上有一个垂死的女人,幸而法律仁慈,这张床总算没给查封掉。

他走的时候总算对我说了一句话,我可以在九天之内提出反对意见,但是他留下了一个看守!我的天啊,我将变成什么啦!这场风波使我的病加重了。普律当丝想去向你父亲的朋友要些钱,我反对她这样做。

一月三十日

今天早晨我收到了你的来信,这是我渴望已久的,你是不是能及时收到我的回信?你还能见到我吗?这是一个幸福的日子,它使我忘记了六个星期以来我所经受的一切,尽管我写回信的时候心情抑郁,我还是觉得好受一些了。

总之,人总不会永远不幸的吧。

我还想到也许我不会死,也许你能回来,也许我将再一次看到春天,也许你还是爱我的,也许我们将重新开始我们去年的生活!

我真是疯了!我几乎拿不住笔了,我正用这支笔把我心里的胡思乱想写给你。

不管发生什么事,我总是非常爱你,阿尔芒,如果我没有这种爱情的回忆和重新看到你在我身旁的渺茫的希望支持我的话,我可能早已离开人世了。

二月四日

G伯爵回来了。他的情妇欺骗了他,他很难过,他是很爱她的。他把一切都告诉了我。这个可怜的年轻人的事业不太妙,尽管这样,他还是付了一笔钱给我的执达吏并遣走了看守。

我向他讲起了你,他答应我向你谈谈我的情况。在这个时候我竟然忘记了我曾经做过他的情妇,而他也想让我把这件事忘掉！他的心肠真好！

昨天公爵派人来探问我的病情，今天早上他自己来了。我不知道这个老头儿是怎么活下来的。他在我身边待了三个小时，没有跟我讲几句话。当他看到我苍白得这般模样的时候，两大颗泪珠从他的眼睛里滴落下来。他一定是想到了他女儿的死才哭的。他就要看到她死第二次了，他伛偻着背，脑袋耷拉着，嘴唇下垂，目光黯淡。他衰朽的身体背负着年老和痛苦这两个重负，他没有讲一句责备我的话。别人甚至会说他在暗暗地庆幸疾病对我的摧残呢。他似乎为他能够站着觉得骄傲，而我年纪轻轻，却已经被病痛压垮了。

天气又变坏了，没有人来探望我，朱利尽可能地照料着我。普律当丝因为我已经不能像以前那样给她那么多钱，就开始借口有事不肯到我这里来了。

不管医生们怎么说，现在我快死了。我有好几个医生，这证明了我的病情在恶化。我几乎在后悔当初听了你父亲的话，如果我早知道在你未来的生活中我只要占你一年的时间，我可能不会放弃跟你一起度过这一年的愿望，至少我可以握着我朋友的手死去。不过如果我们在一起度过这一年，我也肯定不会死得这么快的。

上帝的意志是不可违逆的！

二月五日

喔！来啊，来啊，阿尔芒，我难受死了。我要死了，我的天。昨天我是多么悲伤，我竟不想待在家里，而宁愿到别处去度过夜晚了，这个夜晚会像前天夜晚一样漫长。早晨公爵来了，这个被死神遗忘了的老头子一出现就仿佛在催我快点儿死。

尽管我发着高烧,我还是叫人替我穿好了衣服,乘车到了伏德维尔剧院去。朱利替我抹了脂粉,否则我真有点儿像一具尸体了。我到了那个我第一次跟你约会的包厢;我一直把眼睛盯在你那天坐的位置上,而昨天那里坐着的却是一个乡下佬,一听到演员的插科打诨,他就粗野地哄笑着。人们把我送回家时,我已经半死不活。整个晚上我都在咳嗽吐血。今天我话也说不出,我的胳膊几乎都抬不起来了。我的天!我的天!我就要死了。我本来就在等死,但是我没有想到会受到简直无法忍受的痛苦,如果……

从这个字开始,玛格丽特勉强写下的几个字母已看不清楚了。是朱利·迪普拉接着写下去的。

二月十八日

阿尔芒先生:

自从玛格丽特坚持要去看戏的那天起,她的病势日渐加重,嗓子完全失音,接着四肢也不能动弹了。我们那可怜的朋友所忍受的痛苦是无法描述的。我可没经受过这样的刺激,我一直感到害怕。

我多么希望你能在我们身边,她几乎一直在说胡话,但不论是在昏迷还是在清醒的时候,只要她能讲出几个字来,那就是你的名字。

医生对我说她已经没有多少时间了,自从她病危以来,老公爵没有再来。

他对医生说,这种景象使他太痛苦了。

迪韦尔努瓦为人真不怎么样。这个女人一向几乎完全是靠着玛格丽特生活的，她以为在玛格丽特那里还可以搞到更多的钱，曾欠下了一些她无力偿还的债。当她看到她的邻居对她已毫无用处的时候，她甚至连看也不来看她了。所有的人都把她抛弃了。G先生被债务逼得又动身到伦敦去了。临走的时候他又给我们送了些钱来；他已经尽力而为了。可是又有人来查封了，债主们就等着她死，以便拍卖她的东西。

我原来想用我仅剩的一些钱来阻止他们查封，但是执达吏对我说这没有用，而且他还要执行别的判决。既然她就要死了，那还是把一切都放弃了的好，又何必去为那个她不愿意看见，而且从来也没有爱过她的家庭保全东西呢。你根本想象不出可怜的姑娘是怎样在外表富丽、实际穷困的境况中死去的。昨天我们已经一文不名了。餐具，首饰，披肩全都当掉了，其余的不是卖掉了就是被查封了。玛格丽特对她周围发生的事还很清楚。她肉体上、精神上和心灵上都觉得非常痛苦，豆大的泪珠滚下她的两颊，她的脸那么苍白又那么瘦削，即使你能见到的话，你也认不出这就是你过去多么喜爱的人的脸庞。她要我答应在她不能再写字的时候写信给你，现在我就在她面前写信。她的眼睛望着我，但是她看不见我，她的目光被行将来临的死亡遮住了，可她还在微笑，我可以断定她全部思想、整个灵魂都在你身上。

每次有人开门，她的眼睛就闪出光来，总以为你要进来了，随后当她看清来人不是你，她的脸上又露出了痛苦的神色，并渗出一阵阵的冷汗，两颊涨得血红。

二月十九日午夜

今天这个日子是多么凄惨啊,可怜的阿尔芒先生!早上玛格丽特窒息了,医生替她放了血,她稍许又能发出些声音。医生劝她请一个教士,她同意了,医生就亲自到圣罗克教堂去请神甫。

这时,玛格丽特把我叫到她床边,请求我打开她的衣橱,指着一顶便帽,一件镶满了花边的长衬衣,声音微弱地对我说:

"我做了忏悔以后就要死了,那时候你就用这些东西替我穿戴上,这是一个垂死女人的化装打扮。"

随后她又哭着拥抱我,她还说:

"我能讲话了,但是我讲话的时候憋得慌,我闷死了!空气啊!"

我泪如雨下,我打开窗子,过不多久教士进来了。

我向教士走去。

当他知道他是在谁的家里时,他似乎很怕受到冷待。

"大胆进来吧,神甫。"我对他说。

他在病人的房间里没有待多久,他出来的时候对我说:

"她活着的时候是一个罪人,死的时候却是一个基督徒。"

过不多久他又回来了,陪他一起来的是一个唱诗班的孩子,手里擎着一个耶稣受难十字架,在他们前面还走着一个教堂侍役,摇着铃,表示上帝来到了临终者的家里。

他们三个一起走进了卧室,过去在这个房间里听到的都是些奇怪的语言,如今这个房间却成了一个圣洁的神坛。

我跪了下来,我不知道这一幕景象给我的印象能保持多久;但是我相信,在那以前,人世间还没有发生过使我留下这么深刻印象的事情。

教士在临终者的脚上、手上和前额涂抹圣油,背诵了一段短短的经文,玛格丽特就此准备上天了,如果上帝看到了她生时的苦难和死时的圣洁,她无疑是可以进天堂的。

从那以后她没有讲过一句话,也没有做过一个动作,如果我没有听到她的喘气声,我有好多次都以为她已经死了。

二月二十日下午五时

一切都结束了。

玛格丽特半夜两点钟光景进入弥留状态。从来也没有一个殉难者受过这样的折磨,这可以从她的呻吟声里得到证实。有两三次她从床上笔直地竖起来,仿佛想抓住她正在上升到天堂里去的生命。

也有这么两三次,她叫着你的名字,随后一切都寂静无声,她精疲力竭地又摔倒在床上,从她的眼里流出了无声的眼泪,她死了。

于是我向她走去,喊着她的名字,她没有回音,我就合上了她的眼皮,吻了吻她的额头。

可怜的、亲爱的玛格丽特啊,我但愿是一个女圣徒,好使这个吻把你奉献给上帝。

随后,我就按照她生前求我做的那样,给她穿戴好,我到圣罗克教堂去找了一个教士,我为她点了两支蜡烛,我在教堂里为她祈祷了一个小时。

我把她剩下的一点钱施舍给了穷人。

我是不大懂得宗教的,但是我相信善良的上帝会承认我的眼泪是真挚的,我的祈祷是虔诚的,我的施舍是诚心的,上帝将怜悯她,她这么年轻这么美丽就死了,只有我一个人来为她合上眼睛,为她入殓。

二月二十二日

今天举行安葬。玛格丽特很多女朋友都到教堂里来了,有几个还真诚地哭了,当送丧的队伍向蒙马特公墓走去的时候,只有两个男人跟在后面:G伯爵,他是专门从伦敦赶来的;还有公爵,两个仆人搀扶着他。

我是在她家里含着眼泪,在灯光下把全部详细经过写下来告诉你的。在那点燃着惨淡的灯火旁边放着一份晚餐,你想象得到我是一口也吃不下的,这是拿尼纳吩咐为我做的,因为我已经有二十四个小时没有吃东西了。

这些惨象是不会长期留在我记忆中的,因为我的生命并不是属于我的,就像玛格丽特的生命不属于她的一样,因此我就在发生这些事情的地方把这些事情告诉你,生怕时间一长,我就不能在你回来的时候把这些惨象确切地讲给你听。

二十七

"你看完了吗?"当我看完这些手稿以后阿尔芒问我。

"如果我所读到的全是真的话,我的朋友,我明白你经受了些什么样的痛苦!"

"我父亲的一封来信也向我证实了这一切。"

我们又谈论了一会儿这个刚刚结束的悲惨命运,然后我回到家里休息了一会儿。

阿尔芒一直很伤心,但是在讲了这个故事以后,他心情稍许轻松了一些,并很快恢复了健康,我们一起去拜访了普律当丝和朱利·迪普拉。

普律当丝刚刚破了产,她对我们说是玛格丽特害得她破产的,说玛格丽特在生病期间向她借了很多钱,因此她开出了很多她无力偿付的期票,玛格丽特没有还她钱就死了,又没有给她收据,因此她也算不上是债权人。

迪韦尔努瓦太太到处散布这个无稽之谈,作为她经济困难的原因。她还向阿尔芒要了一张一千法郎的钞票,阿尔芒不相信这件事是真的,但是他宁愿装作信以为真的样子,他对一切和他情妇有过关系的人和事都怀有敬意。

随后我们到了朱利·迪普拉家里,她向我们讲述了她亲眼目睹的惨事,在想起她朋友的时候流下了真诚的眼泪。

最后我们到玛格丽特的坟地上去,四月里太阳的初辉已经催开了绿叶的嫩芽。

阿尔芒还有最后一件必须要办的事情,就是到他父亲那儿去。他还希望我能陪他去。

我们一起抵达了 C 城,在那里我见到了迪瓦尔先生,他就像他儿子对我描述的一样:身材高大,神态威严,性情和蔼。

他含着幸福的眼泪欢迎阿尔芒,亲切地和我握手。我很快就发现了在这个税收员身上,父爱高于一切。

他女儿名叫布朗什,她眼睛明亮,目光明澈,安详的嘴唇表明她灵魂里全是圣洁的思想,嘴里讲的全是虔诚的话语。看见她哥哥回来她满脸微笑,这个纯洁的少女一点也不知道,仅仅为了维护她的姓氏,一个在远处的妓女牺牲了自己的幸福。

我在这个幸福的家庭里住了几天,全家都为这个给他们带来一颗治愈了的心的人忙碌着。

我回到巴黎,依照我听到的那样写下了这篇故事。这篇故事惟一可取之处就是它的真实性,不过也许会引起争论。

我并没有从这个故事中得出这样的结论:所有像玛格丽特那样的姑娘都能像她一样地为人;远非如此,但是我知道她们之中有一位姑娘,在她的一生中曾产生过一种严肃的爱情,她为了这个爱情遭受痛苦,直至死去。我把我听到的事讲给读者听,这是一种责任。

我并不是在宣扬淫乱邪恶,但是不论在什么地方听到有这种高贵的受苦人在祈求,我都要为他作宣传。

我再重复一遍,玛格丽特的故事是罕见的,但是如果它带有普遍性的话,似乎也就不必把它写出来了。

"外国文学名著丛书"书目

第 一 辑

书 名	作 者	译 者
伊索寓言	〔古希腊〕伊索	周作人
源氏物语	〔日〕紫式部	丰子恺
堂吉诃德	〔西班牙〕塞万提斯	杨 绛
泰戈尔诗选	〔印度〕泰戈尔	冰 心 石 真
坎特伯雷故事	〔英〕杰弗雷·乔叟	方 重
失乐园	〔英〕约翰·弥尔顿	朱维之
格列佛游记	〔英〕斯威夫特	张 健
傲慢与偏见	〔英〕简·奥斯丁	王科一
雪莱抒情诗选	〔英〕雪莱	查良铮
瓦尔登湖	〔美〕亨利·戴维·梭罗	徐 迟
欧·亨利短篇小说选	〔美〕欧·亨利	王永年
特利斯当与伊瑟	〔法〕贝迪耶	罗新璋
巨人传	〔法〕拉伯雷	鲍文蔚
忏悔录	〔法〕卢梭	范希衡 等
欧也妮·葛朗台 高老头	〔法〕巴尔扎克	傅 雷
雨果诗选	〔法〕雨果	程曾厚
巴黎圣母院	〔法〕雨果	陈敬容
包法利夫人	〔法〕福楼拜	李健吾
叶甫盖尼·奥涅金	〔俄〕普希金	智 量
死魂灵	〔俄〕果戈理	满 涛 许庆道

书　名	作　者	译　者
当代英雄	〔俄〕莱蒙托夫	草　婴
猎人笔记	〔俄〕屠格涅夫	丰子恺
白痴	〔俄〕陀思妥耶夫斯基	南　江
列夫·托尔斯泰中短篇小说选	〔俄〕列夫·托尔斯泰	草　婴
怎么办？	〔俄〕车尔尼雪夫斯基	蒋　路
高尔基短篇小说选	〔苏联〕高尔基	巴　金　等
浮士德	〔德〕歌德	绿　原
易卜生戏剧四种	〔挪〕易卜生	潘家洵
鲵鱼之乱	〔捷〕卡·恰佩克	贝　京
金人	〔匈〕约卡伊·莫尔	柯　青

第　二　辑

荷马史诗·伊利亚特	〔古希腊〕荷马	罗念生　王焕生
荷马史诗·奥德赛	〔古希腊〕荷马	王焕生
十日谈	〔意大利〕薄伽丘	王永年
莎士比亚悲剧五种	〔英〕威廉·莎士比亚	朱生豪
多情客游记	〔英〕劳伦斯·斯特恩	石永礼
唐璜	〔英〕拜伦	查良铮
大卫·科波菲尔	〔英〕查尔斯·狄更斯	庄绎传
简·爱	〔英〕夏洛蒂·勃朗特	吴钧燮
呼啸山庄	〔英〕爱米丽·勃朗特	张　玲　张　扬
德伯家的苔丝	〔英〕托马斯·哈代	张谷若
海浪　达洛维太太	〔英〕弗吉尼亚·吴尔夫	吴钧燮　谷启楠
哈克贝利·费恩历险记	〔美〕马克·吐温	张友松
一位女士的画像	〔美〕亨利·詹姆斯	项星耀
喧哗与骚动	〔美〕威廉·福克纳	李文俊
永别了武器	〔美〕欧内斯特·海明威	于晓红

书　名	作　者	译　者
波斯人信札	〔法〕孟德斯鸠	罗大冈
伏尔泰小说选	〔法〕伏尔泰	傅　雷
红与黑	〔法〕司汤达	张冠尧
幻灭	〔法〕巴尔扎克	傅　雷
莫泊桑中短篇小说选	〔法〕莫泊桑	张英伦
文字生涯	〔法〕让-保尔·萨特	沈志明
局外人　鼠疫	〔法〕加缪	徐和瑾
契诃夫小说选	〔俄〕契诃夫	汝　龙
布宁中短篇小说选	〔俄〕布宁	陈　馥
一个人的遭遇	〔苏联〕肖洛霍夫	草　婴
少年维特的烦恼	〔德〕歌德	杨武能
德国，一个冬天的童话	〔德〕海涅	冯　至
绿衣亨利	〔瑞士〕戈特弗里德·凯勒	田德望
斯特林堡小说戏剧选	〔瑞典〕斯特林堡	李之义
城堡	〔奥地利〕卡夫卡	高年生

第　三　辑

埃斯库罗斯悲剧二种	〔古希腊〕埃斯库罗斯	罗念生
索福克勒斯悲剧二种	〔古希腊〕索福克勒斯	罗念生
欧里庇得斯悲剧二种	〔古希腊〕欧里庇得斯	罗念生
神曲	〔意大利〕但丁	田德望
西班牙流浪汉小说选	〔西班牙〕克维多　等	杨　绛　等
阿拉伯古代诗选	〔阿拉伯〕乌姆鲁勒·盖斯　等	仲跻昆
列王纪选	〔波斯〕菲尔多西	张鸿年
蕾莉与马杰农	〔波斯〕内扎米	卢　永
莎士比亚喜剧五种	〔英〕威廉·莎士比亚	方　平
鲁滨孙飘流记	〔英〕笛福	徐霞村

书 名	作 者	译 者
彭斯诗选	〔英〕彭斯	王佐良
艾凡赫	〔英〕沃尔特·司各特	项星耀
名利场	〔英〕萨克雷	杨 必
人性的枷锁	〔英〕威廉·萨默塞特·毛姆	叶 尊
儿子与情人	〔英〕D. H. 劳伦斯	陈良廷 刘文澜
杰克·伦敦小说选	〔美〕杰克·伦敦	万 紫 等
了不起的盖茨比	〔美〕菲茨杰拉德	姚乃强
木工小史	〔法〕乔治·桑	齐 香
恶之花 巴黎的忧郁	〔法〕波德莱尔	钱春绮
萌芽	〔法〕左拉	黎 柯
前夜 父与子	〔俄〕屠格涅夫	丽 尼 巴 金
卡拉马佐夫兄弟	〔俄〕陀思妥耶夫斯基	耿济之
安娜·卡列宁娜	〔俄〕列夫·托尔斯泰	周 扬 谢素台
茨维塔耶娃诗选	〔俄〕茨维塔耶娃	刘文飞
德国诗选	〔德〕歌德 等	钱春绮
安徒生童话选	〔丹麦〕安徒生	叶君健
外祖母	〔捷〕鲍·聂姆佐娃	吴 琦
好兵帅克历险记	〔捷〕雅·哈谢克	星 灿
我是猫	〔日〕夏目漱石	阎小妹
罗生门	〔日〕芥川龙之介	文洁若

第 四 辑

一千零一夜		纳 训
培根随笔集	〔英〕培根	曹明伦
拜伦诗选	〔英〕拜伦	查良铮
黑暗的心 吉姆爷	〔英〕约瑟夫·康拉德	黄雨石 熊 蕾
福尔赛世家	〔英〕高尔斯华绥	周煦良

书　名	作　者	译　者
月亮与六便士	〔英〕威廉·萨默塞特·毛姆	谷启楠
萧伯纳戏剧三种	〔爱尔兰〕萧伯纳	潘家洵 等
红字　七个尖角顶的宅第	〔美〕纳撒尼尔·霍桑	胡允桓
汤姆叔叔的小屋	〔美〕斯陀夫人	王家湘
白鲸	〔美〕赫尔曼·梅尔维尔	成　时
马克·吐温中短篇小说选	〔美〕马克·吐温	叶冬心
老人与海	〔美〕欧内斯特·海明威	陈良廷 等
愤怒的葡萄	〔美〕斯坦贝克	胡仲持
蒙田随笔集	〔法〕蒙田	梁宗岱　黄建华
悲惨世界	〔法〕雨果	李　丹　方　于
九三年	〔法〕雨果	郑永慧
梅里美中短篇小说选	〔法〕梅里美	张冠尧
情感教育	〔法〕福楼拜	王文融
茶花女	〔法〕小仲马	王振孙
都德小说选	〔法〕都德	刘　方　陆秉慧
一生	〔法〕莫泊桑	盛澄华
普希金诗选	〔俄〕普希金	高　莽 等
莱蒙托夫诗选	〔俄〕莱蒙托夫	余　振　顾蕴璞
罗亭　贵族之家	〔俄〕屠格涅夫	陆　蠡　丽　尼
日瓦戈医生	〔苏联〕帕斯捷尔纳克	张秉衡
大师和玛格丽特	〔苏联〕布尔加科夫	钱　诚
茨威格中短篇小说选	〔奥地利〕斯·茨威格	张玉书 等
玩偶	〔波兰〕普鲁斯	张振辉
万叶集精选	〔日〕大伴家持	钱稻孙
人间失格	〔日〕太宰治	魏大海

5

第 五 辑

书　名	作　者	译　者
泪与笑　先知	〔黎巴嫩〕纪伯伦	冰　心　等
华兹华斯 柯尔律治 诗选	〔英〕华兹华斯 柯尔律治	杨德豫
济慈诗选	〔英〕约翰·济慈	屠　岸
汤姆·索亚历险记	〔美〕马克·吐温	张友松
大街	〔美〕辛克莱·路易斯	潘庆舲
田园三部曲	〔法〕乔治·桑	罗　旭　等
金钱	〔法〕左拉	金满成
果戈理小说戏剧选	〔俄〕果戈理	满　涛
奥勃洛莫夫	〔俄〕冈察洛夫	陈　馥
谁在俄罗斯能过好日子	〔俄〕涅克拉索夫	飞　白
亚·奥斯特洛夫斯基戏剧六种	〔俄〕亚·奥斯特洛夫斯基	姜椿芳　等
复活	〔俄〕列夫·托尔斯泰	草　婴
静静的顿河	〔苏联〕肖洛霍夫	金　人
谢甫琴科诗选	〔乌克兰〕谢甫琴科	戈宝权　任溶溶
维廉·麦斯特的学习时代	〔德〕歌德	冯　至　姚可崑
叔本华随笔集	〔德〕叔本华	绿　原
艾菲·布里斯特	〔德〕台奥多尔·冯塔纳	韩世钟
豪普特曼戏剧三种	〔德〕豪普特曼	章鹏高　等
铁皮鼓	〔德〕君特·格拉斯	胡其鼎
加西亚·洛尔卡诗选	〔西班牙〕加西亚·洛尔卡	赵振江
你往何处去	〔波兰〕亨利克·显克维奇	张振辉
显克维奇中短篇小说选	〔波兰〕亨利克·显克维奇	林洪亮
裴多菲诗选	〔匈〕裴多菲	孙　用
轭下	〔保〕伐佐夫	施蛰存

书　名	作　者	译　者
卡勒瓦拉(上下)	〔芬兰〕埃利亚斯·隆洛德	孙　用
破戒	〔日〕岛崎藤村	陈德文
戈拉	〔印度〕泰戈尔	刘寿康